A espantosa história do cavaleiro da BARBA FLORIDA

A espantosa história do cavaleiro da BARBA FLORIDA

Carmelo Ribeiro

EDITORA Labrador

Copyright © 2020 de Carmelo Ribeiro
Todos os direitos desta edição reservados à Editora Labrador.

Coordenação editorial
Erika Nakahata e Pamela Oliveira

Projeto gráfico, diagramação e capa
Felipe Rosa

Assistência editorial
Gabriela Castro

Revisão
Fausto Barreira Filho
Adriane Piscitelli

Imagem de capa
Wikipedia. Vida de São Jorge, gravura de São Jorge matando o dragão, 1515, obra de Alexander Barclay (1476-1552)

Dados Internacionais de Catalogação na Publicação (CIP)
Angélica Ilacqua – CRB-8/7057

Ribeiro, Carmelo
  A espantosa história do cavaleiro da barba florida / Carmelo Ribeiro. – São Paulo : Labrador, 2020.
  144 p.

ISBN 978-65-5625-011-3

1. Ficção brasileira I. Título

20-1839   CDD B869.3

Índice para catálogo sistemático:
1. Ficção brasileira

Editora Labrador
Diretor editorial: Daniel Pinsky
Rua Dr. José Elias, 520 – Alto da Lapa
05083-030 – São Paulo – SP
+55 (11) 3641-7446
contato@editoralabrador.com.br
www.editoralabrador.com.br
facebook.com/editoralabrador
instagram.com/editoralabrador

A reprodução de qualquer parte desta obra é ilegal e configura uma apropriação indevida dos direitos intelectuais e patrimoniais do autor.

A editora não é responsável pelo conteúdo deste livro.
O autor conhece os fatos narrados, pelos quais é responsável, assim como se responsabiliza pelos juízos emitidos.

Esta é uma obra de ficção. Qualquer semelhança com nomes, pessoas, fatos ou situações da vida real será mera coincidência.

Beliz s. Palavra procedente do árabe *iblís* (o diabo), usada quando se fala de um indivíduo notável por sua inteligência ou mesmo por sua capacidade de incomodar.

Zenóbia Collares Moreira, *Dicionário da Língua Portuguesa Arcaica*. Editora da Universidade Federal do Rio Grande do Norte, 2005.

I

Esta é uma história de dragões, ao menos começa com um dragão, um enorme e apavorante dragão que encheu a taberna do Patapalo e os ouvidos de um cavaleiro que fora capturado pelos mouros e vivera tempo demais entre eles.

Jimeno Garcia de Zamora era ali um bêbado maltrapido, que se enfeitava com algumas peças de uma armadura ridícula e foi acordando ao ouvir a história de um dragão que aterrorizava a cidade de Castro. Quando abriu os olhos, viu um homem amarelo, alto, muito magro, com olhos grandes e boca de sapo, saltando e gesticulando sem parar enquanto falava do monstro, até que foi interrompido por um dos bebedores, que, irritado com tamanha latomia, soltou:

— Garganteia logo qual é a recompensa para quem matar a besta.

— Bofé, a gratidão eterna dos habitadores de Castro, as bênçãos da Santa Madre Igreja e, claro, um saco de ouro tão pesado que sozinho homem nenhum é capaz de carregar.

Em resposta, o tagarela ouviu muitas gargalhadas de descrédito, razão pela qual se amofinou, pediu um trago e começou a chorar, pois precisava levar um cavaleiro para matar o dragão senão o matariam.

No entanto, ninguém acreditava nele.

Nem no dragão...

Porém, quando o pobre homem começou a soluçar, o cavaleiro borracho se ergueu com dificuldade e disse:

— Eu matarei o dragão.

E foi saudado pelo inconfundível som nascido do escárnio.

— Pardeus! Não duvidem de mim... — retrucou e não conseguiu mais continuar em pé.

A assuada tomou conta da baiuca e por pouco não se tornou burrela.

O homem magro, Elesbão Saltador, olhou-o incrédulo, mas foi logo arrastado para diante do cavaleiro por um baixote troncudo, Urraca, o escudeiro, tão feio que se exibia ao mundo caboz, belfo e zarco, o que, em conjunto, lhe dava a aparência de um filho de sete porras.

Urraca não proferia o próprio nome em vão, mas, quando dizia, o que fez ao se sentar para conversar com Elesbão, olhava direto nos olhos de quem escutava. Neste caso, Saltador, que se surpreendeu por um instante, e logo depois não achou nenhum inconveniente em homem tão abarbarado aceitar ser chamado por nome de mulher.

Os dois se entendiam bem enquanto o cavaleiro tentava resistir ao sono, mas logo, para salvar a própria vida, teve que ficar imediatamente sóbrio e fugir, quando ouviu:

— *Allahu Akbar.*

Se tivesse escutado "*Santiago y cierra, España!*", teria feito a mesma coisa, pois Jimeno Garcia de Zamora era odiado por cristãos e maometanos e não chegava a ser benquisto entre os judeus. Era bom cavaleiro, mas a quantidade de vinho que tinha entornado o fez seguir Urraca e fugir dali deixando muitos bebedores em avançados trabalhos de pustromaria, pois ainda estavam na Taifa de Al-Shib, ou Reino de Silves, em que valia a Lei de Mafamede, sem as sutilezas que os muridinos de Ahmed Ibn Qasi tentaram implantar. Por isso, Jimeno fugiu e só se deu conta que fora acompanhado por Elesbão Saltador quando, esgotado, descansava em meio a um olival.

— Urraca, preciso beber.

— Vinho está fora de questão.

— Preciso beber água, estúpido.

— Tenho aqui um odre cheio — falou Elesbão, que o fitou, alegre e despreocupado.

O cavaleiro, porém, estranhou a presença do magricela e desconfiou de alguma coisa; mesmo assim, agarrou o odre e sorveu o conteúdo com a sede de um esfaqueado.

Depois, devolveu-o vazio como uma fruta chupada. Elesbão olhou o odre, desapontado, e ouviu uma grande gargalhada, seguida da imediata cobrança:

— Agora, o vinho.

— Não tenho vinho.

— Como um cavaleiro pode matar um dragão sem vinho?

— Os sábios da minha cidade dizem que aquele que matar o dragão terá vinho para beber pela vida inteira.

— Matarei o dragão nem que para isso tenha que perder os bens que não tenho, a honra que me sobeja e a vida que não me importa.

Urraca olhou-o, descrente.

— Posso não matar o dragão, mas tentarei, dou minha palavra — justificou-se Jimeno.

— A palavra de um renegado.

Com olhos duros, Jimeno olhou Urraca, que emendou:
— Ele tem que saber.
Ao que Elesbão respostou sem ser perguntado:
— Não importa, um cavaleiro é um cavaleiro e se ele diz que matará o dragão...
— Matarei e depois vou beber todo o vinho da Ibéria. Diz-me...
— Elesbão.
— Diz-me, Elesbão, como são os desgraçados desses mouros que não podem beber vinho?
— Ouvi dizer que no paraíso deles há donzelas e vinho em abundância.
— Deve ser por isso que lutam com tanto empenho. Para beber vinho e foder donzelas.
— Preferiria um paraíso de putas.
— Urraca, o renegado sou eu. Tu não tens licença para blasfemar. Mas me agradam sobejamente as putas. Nisso concordamos.

Ato contínuo, riu alto, soltou ventosidades fétidas, cuspiu e só então perguntou a Elesbão:
— Para onde?
— Para o norte.
E para lá seguiram.

II

Por mais que não tivesse bebido havia três dias, o cavaleiro Jimeno Garcia de Zamora parecia bêbado, embora de vez em quando mostrasse lapsos de lucidez que surpreendiam Elesbão.
— Que espécie de dragão vou matar?
— Não sei.

— Como não sabes?
— Não sei. O arcediago disse que o dragão está dormindo nos subterrâneos do castelo do Bulhofre e que um cavaleiro deve acordá-lo e matá-lo, pois no próximo ano ele despertará por si só e fará muito mal a todos.
— Entendo. Mas como esse dragão chegou ao castelo?
— Não sei. Minha obrigação era sair à procura de um cavaleiro e levá-lo para a cidade.
— Na cidade não há cavaleiros?
— Há, mas tem que ser um cavaleiro não nascido em Castro.
— E onde fica Castro?
— No norte.
— Em que norte?
— No reino da Galiza, a poucas léguas de uma costa de naufrágios, a poucas léguas do mar Cantábrico.
— Há mouros por lá?
— A cidade foi tomada por eles há muito tempo, na época dos godos, depois retomada pelos cristãos e outra vez tomada pelos mouros, que se revezaram na alcaidaria, até que os cristãos não mais a perderam. Muitas centenas de anos depois, o homem mais rico de Castro, Iñiguo Peñuela Cañizal, fez um acordo com o rei agareno de Toledo e a cidade abrigou ainda muitos maometanos. Mas hoje não restam tantos, embora o *moussem* de Castro ainda atraia gente de todas as nações. É uma cidade bastante antiga, de antes dos romanos.
— E como um pobre vagabundo sabe disso?
— Eu sou jogral.
— E não nasceste em Castro?
— Não.
Jimeno sacou a espada e disse:
— Isso é tudo patranha, não é?

— Só me disseram para levar um cavaleiro, qualquer cavaleiro. Não vi o dragão, mas todos estão preocupados na cidade. Posso afiançar.

— Sei. E só um estrangeiro poderia trazer o cavaleiro?

— Conforme a tradição.

— E conforme a tradição, o que ganhará o guia do cavaleiro matador de dragões?

Urraca interveio:

— Meio saco de ouro.

— Quem sabe meio saco de ouro? — repetiu Elesbão, despertando a ira de Jimeno.

— Vou matar-te.

— Eles estão com minha mulher e minha filha. Matarão as duas se eu não voltar.

— Um bom marido e um bom pai. Um bom marido e um bom pai. Urraca, não é muito conveniente?

— Acho que ele só não faz mel porque não chupa flor.

— Se eu não me importasse com elas, não me arriscaria a contratar um cavaleiro renegado.

— Um cavaleiro sem honra, sem dama e sem cavalo.

— Ainda assim, cavaleiro.

— Um cavaleiro que não quer virar repasto de dragão.

— Mas sempre há uma chance de escapar do pior.

— Quero beber e não virar tema de jogral. Vou matar-te.

— Um cavaleiro deve perdoar quando é capaz de punir.

Jimeno mostrou a espada outra vez a Elesbão e perguntou:

— Sabes como ela se chama?

— Não sei. É claro que não sei. Como saberia?

— Afoita.

Embainhou a espada e disse:

— Vou até Castro, mas sabe que não estás levando um tolo. Se achas que sou comida de dragão, estás errado.

III

Urraca acordou Jimeno enquanto Elesbão Saltador dormia profundamente e mostrou-lhe a águia negra que o jogral seguia desde Silves.

— Creio que esse que dorme é um necromante, estamos metidos em trabalhos de necromancia. Não há dragão, mas o demônio a nos esperar nessa cidade de Castro.

— É o medo que te faz pensar assim, Urraca. O medo te obseda e te impede de refletir.

— O medo me mantém vivo.

— Não querias conhecer o mundo, a ponto de seguires um cavaleiro sem honra em tempos pavorosos como estes? Em tudo há risco e perigo.

— Eu queria conhecer o mundo dos vivos e não o mundo dos mortos.

— Posso assegurar que todos que deixei em Castro estavam vivos — disse Elesbão, o que levou Urraca a se justificar:

— É a prova de que és um necromante. Não estavas dormindo?

— Dormir como? Com essa tua voz de trovoada.

— Agora vais dizer que não estás a se deixar guiar pela águia?

— Estou, por isso não encontramos nenhuma mesnada de rei cristão, nenhuma algazuma de almóadas ou de muridinos. Nenhum judeu.

— Artes do demônio.

— Artes de falcoaria, isso sim. E não é uma águia, é um bulhofre.

— E desde quando um jogral entende de falcões? — provocou Jimeno.

— E desde quando um cavaleiro vive sem cavalo?

— Troquei-o por vinhos e putas. Prefiro as putas. Minto, prefiro as xarifas de bonejas e mulheres malmaridadas. Um homem, mesmo um cavaleiro, pode viver sem cavalo, mas não sem mulher.

— Nunca se viu um cavaleiro sem cavalo.

— Nunca se viu um jogral sem viola.

Urraca interveio:

— Creio que ele quer levar-te para embebedar o dragão. Deve ser isso, pois tenho pra mim que corre mais vinho que sangue nestas tuas veias de borracho.

— Já na tua cabeça há bosta e buseira.

— Também nunca vi um bruto com nome de mulher — falou Elesbão, ao que o cavaleiro respondeu:

— Somos todos de mentira.

E os três sorriram.

IV

Não era a primeira vez que Jimeno notava os olhares de Elesbão quando ia mijar, e resolveu confrontá-lo:

— Estás enamorado pelo que trago entre as pernas?

— Não é isso.

— És panasca?

— Serei franco. Em Silves disseram que os mouros te castraram.

— Disseram isso? Dizem isso de mim? Não acredito. Não posso acreditar no que dizes.

E, rindo, Jimeno mostrou ao jogral a horrível cicatriz no baixo ventre, prova da emasculação que sofrera.

— Não sei o que dizer.

— Diz-me: por que em Castro te mandaram procurar um cavaleiro que não é cristão nem agareno, que já nem homem é? Acaso querem que eu sirva de bode expiatório, de catarma em algum ritual pagão?

— Disseram que só um donzel ou um eunuco teria chance de matar o dragão, pois o diabo não poderia tentá-lo por meio da carne.

— Mas estou indo matar um dragão ou espantar o diabo?

— Um dragão que trará o diabo para a cidade.

— E só um danado poderá matar outro danado. É isso?

— Disseram-me que, apesar de feder a vinho azedo e entornar de uma só vez um canjirão de cerveja, ninguém poderia dizer que o cavaleiro da barba florida não seja um homem devoto.

— Eu, devoto? Pois sabe que para mim Cristo foi feito de porra e merda como todos nós.

Jimeno proferiu a blasfêmia com os olhos fitados nos de Elesbão e percebeu o horror que as palavras lhe causaram.

Depois, mijou pelo terrível aleijão que trazia entre as pernas, e Elesbão pensou que as palavras eram mais terríveis que qualquer ferida.

Mesmo assim, o jogral continuou seguindo para o norte e não fugiu como Jimeno pensou que faria.

V

Ao alvorecer, Elesbão procurou Jimeno e o encontrou rezando, em uma espécie de transe.

Esperou que aquilo passasse e se mostrou ao cavaleiro.

— Para um herege, até que não te falta fé.

— Todo herege tem fé.

— Talvez não haja dragão, embora tenham me garantido que há um dragão. Fui enviado para levar-te a Castro. A ordem era para trazer-te e a nenhum outro. O cristão que reza como um dervixe, o maometano que bebe vinho, o macho sem culhão. Por quê? Ignoro.

— E se eu não quiser ir?

— Os sábios garantiram que, apesar de todos os disfarces, Jimeno, o verdadeiro Jimeno Garcia de Zamora, o afamado cavaleiro da barba florida, é um homem de fé e não perderia a oportunidade de confrontar o mal.

Jimeno sorriu e se aproximou do jogral para mostrar a barba embranquecida:

— Creio que isso não são flores de sabugueiro, é mofo, e posso assegurar-te que não cheira bem.

Realmente parecia mofo, e Elesbão não soube o que dizer, de modo que o cavaleiro advertiu-o:

— Não esqueças que sou um renegado.

— Um renegado que lutou ao lado de Geraldo Sem Pavor e aprendeu com Ibn Qasi. O homem perfeito para matar o dragão.

— Ibn Qasi morreu. Os almóadas tomam conta de Al-Shib e estão matando em nome de Deus.

— Mas não mataram a *futuwwa*.

— Parece que não me resta nenhum segredo.

— Me disseram que nada te impediria de vir até Castro.

— Já falei. Irei até Castro e matarei o dragão que não existe.

— Estão com a minha família. Não me ameaçaram diretamente. Mas sou estrangeiro em Castro.

— E, para bom entendedor, meia palavra basta.

— Às vezes, nem meia palavra.

VI

Os três viajantes caminhavam guiados pelo bulhofre quando um escalavrado cruzou a passagem deles, e Urraca lembrou-se do tempo em que caçava não apenas escalavrados, mas corços, veados, muflões, raposas, lobos, linces e ursos, e lamentou que tivesse perdido a família na guerra entre as taifas. Como não parava de falar de caçadas, Elesbão se aborreceu e perguntou:

— E por que deixastes bestas e feras tão aprazíveis para ter convívio com os homens?

— Uma desilusão.

— Sim, um caso de amor — apressou-se a dizer Jimeno e perguntou: — Posso continuar?

— Pode.

— A mulher que meu futuro escudeiro amava, Maria Mateu, *muy* parecida com ele, gostava de machear outras mulheres.

— Verdade. Era um virago, uma mulher-homem.

— E também não faltava fodidincul em Cacha Pregos, onde ele nasceu.

— Sim. Muitos panascas. Minha terra é pródiga em invertidos. Invertidos, bagaxas e blesos.

— Alguns deles se interessaram por Urraca.

— Por que Urraca?

— Meus pais queriam que eu tivesse nascido mulher. Como não nasci como queriam, me deram nome de mulher.

— E o padre aceitou batizar?

— Só me batizei depois de velho, quando não tinha mais jeito. Cacha Pregos fica no cu do mundo.

— Mas por que tantos panascas se interessaram por ti? Pela tua beleza não foi.

— Justamente por aquilo que não fez dele menina.
— Por isso fugi. Quando voltei, alguns anos depois, Cacha Pregos já não existia.
— Ele despertou o louco amor de irmãos mais abarbarados do que ele.
— E tudo isso em terras da cristandade?
— Sim.
— Pois, Urraca, se não te ofendes mostrarei que, além de jogral, sou segrel e cantarei para ti e para tua Maria uns versos imorais que acabo de parir.
— Então, canta.
— É assim:

Maria Mateu, daqui vou desertar.
De cona não achar o mal me vem.
Aquela que a tem não ma que dar
e alguém que ma daria não a tem.
Maria Mateu, Maria Mateu,
tão desejosa sois de cona como eu!

Quantas conas foi Deus desperdiçar
quando aqui abundou quem as não quer!
E a outros, fê-las muito desejar
A mim e a ti, ainda que mulher.
Maria Mateu, Maria Mateu
Tão desejosa sois de cona como eu!

Enquanto Jimeno ria a não mais poder, Urraca olhou muito sério para Elesbão Saltador e disse:
— És muito sabedor. Contaste a minha vida em meia dúzia de palavras.

VII

Havia muito eles tinham atravessado o Mira, o Sado, o Tejo, o Douro e o Minho, e foi no Minho que Urraca "arranjou" um cacifo. Como ninguém perguntou onde, ele pôde se dedicar à arte piscatória, de modo que escalos, barbos, lucios e sabelas acabaram repousando nos estômagos dos viajantes. Para se distraírem, improvisaram francados com que tentaram pescar lampreias e salmões em remansos, sem muito sucesso.

Porém, os rios e os ribeiros iam escasseando à medida que seguiam para o norte, ou melhor, o caminho indicado pelo pássaro os desviava deles, que, a cada dia, se aproximavam mais de Castro sem que enxergassem a cidade. Portanto, desde muito antes não podiam sobreviver de pequenos furtos, expediente a que recorreram para não passarem fome demasiada ao partirem de Silves. Em contrapartida, a caça era bem mais abundante, de modo que, naquela tarde, rodeados de carvalhos, teixos, azevinhos, faias e bétulas, degustaram um javardo.

Consequentemente, foi à tripa forra que Jimeno perguntou a Elesbão, enquanto Urraca não se cansava de comer:

— Quem te mandou buscar-me?

— O conselho.

— Que conselho?

— Quando se trata do dragão, não são as autoridades ordinárias que decidem, mas o conselho.

— E quem são os grandes personagens do conselho?

— Não são todos grandes. Eu sou do conselho. Representante das gentes miúdas, entre as quais, gabões, loucos e putas.

— E quem mais?

— São doze: o homem do papelo, que vive no castelo do Bulhofre onde o dragão se escondeu; Dom Benigno Otero Cepeda e Dom Rosalvo Gonzáles Lopo.

— Quem?

— Os donos de Castro. Não adianta te falar em nomes. E mais o arcediago, o alfaqui e o talmudista.

— Há um alfaqui e um talmudista em Castro?

— Não há, mas há, se acaso me entendes.

— Claro.

— E ainda o alcaide, o juiz de livro e de foro, o capitão-mor e o escolhido pelas mesterias.

— Falta um. O dozeno.

— O dozeno és tu. O estrangeiro matador de dragões é quem completa o conselho.

O cavaleiro franziu a testa e Urraca arrotou como uma besta sadia indiferente aos perigos.

VIII

Os três viajantes não conversavam muito, ruminando horas e mais horas de silêncio, mas, de vez em quando, havia uma necessidade imperiosa de ouvir a voz humana; hora, não raro, das confidências, como aquela que fez o cavaleiro, em resposta à mal disfarçada curiosidade de Elesbão.

— É verdade que os mouros te encontraram quase exangue na batalha de Labruja, te levaram até Córdoba, onde te castraram e iam te cevar para fazerem imundas sevícias em ti, quando foste roubado por um físico judeu que se apiedou da tua desventura e que tu mataste assim que desembarcaste em Ifríquia?

Jimeno riu, amarelo, e respondeu:

— Não é verdade. Eu estava em Burgos, entre cristãos, em uma tasca que era também casa de putaria, bebendo o bom vinho da Galiza quando um atrevido puxou-me a barba por conta de uma coisa tola e morreu por isso. Vieram os amigos, todos castelhanos, e houve carniçaria na baiuca, no entanto eu era estrangeiro e fui não apenas amarrado, mas alvo da perraria que me envergonha e isso a pouca distância da tasca. O dono da taverna se apiedou de mim e pediu a um amigo judeu que me socorresse. O físico cuidou das minhas feridas, depois me pediu para acompanhá-lo a Córdoba, onde me vendeu como escravo aos mouros, e assim eu cheguei até Ifríquia e o grande deserto. Vi coisas que ninguém devia ver.

— É uma história ainda mais impressionante que a outra.

— Ele conta uma história diferente a cada um que pergunta. A alguns faz pior — advertiu Urraca.

— Desta vez, é verdade. Escapei tantas vezes da morte que sou um milagrado. Podes ter certeza disso. Conheço toda a Ibéria. Mesmo essas terras não me são estranhas. Mas não conheço Castro. Quando voltei a Ibéria foi por onde não devia, Barcelona.

— Nasceste onde?

— Em Vigo.

Urraca deu uma grande e feliz gargalhada.

Jimeno olhou-o com maus olhos, mas o escudeiro não temeu e continuou gargalhando. Depois de sossegar, disse:

— Já o ouvi dizer que nasceu em Pamplona, em Toledo, em Baiona, Pontevedra, Lugo, Porto e tantas outras cidades que já me olvidei. Mas para mim ele nasceu na taifa de Silves.

— Se sabes mais do que eu...

E assim a conversa terminou.

IX

— Estamos perto de Castro?
— Mais perto do que longe.
— Esse bulhofre está dando mais voltas que cavaleiro medoroso.
— São os sinais de que estamos chegando.
— É um animal mais sábio do que Urraca.
— Se não fosse por mim, os dois estariam mortos agora.
— Diz-me, Elesbão, como é que os habitadores de Castro têm tanta certeza de que existe mesmo um dragão?
— Existe e está para acordar dentro do castelo.
— Está bem, e como sabem que ele vai acordar?
— Os sinais. Animais aleijados que nasceram em profusão. Sonhos de gente que fala com Deus e com os demônios. Coisas assim, e teve também o caso do *moussem*, que foi diante de todo mundo. Imagina...
— Estou imaginando.
— Eu também.
— Imaginai que o *moussem* seguia animado. A cidade fervilhava de gente de todos os lugares da Ibéria e até de fora dela que afluíram para trocar, vender, comprar e pecar.
— Havia gente de onde?
— Além da Ibéria, havia gascões e gente de Calais, Brabante, Roterdão. Mas, como ia dizendo, a festa seguia animada, até que, diante da Igreja, onde o povo se aglomerava para assistir a um entremez representado, entre outros, por Elesbão Saltador, apareceu uma porca gorda furiosa, derrubando gente e abrindo um claro no meio da multidão. Ela foi seguida por um chibo de caralho em riste que, depois de um bailado imoral, a enrabou.

— E por conta de uma foda fui escolhido para matar um dragão?

— Não foi só isso.

— Enquanto as alimárias fodiam como duas danadas, uns homens de Pamplona as mataram e, no dia seguinte, comeram a carne.

— Me deixa adivinhar... Quem comeu caiu morto?

— Não, foi pior. Tiveram uma imensa cagança e morreram ardidos e fedidos. Foram sepultados fora dos muros da cidade.

— E esse foi o sinal definitivo?

— Foi. Um chibo não fode uma porca. Fode?

— Não fode — respondeu Urraca.

Já Jimeno perguntou:

— Quando chegaremos a essa cidade em que até os animais andam ensandecidos?

— Em breve.

X

Já se disse que os três viajantes não gastavam saliva à toa, mas, quase todo dia, trocavam algumas palavras quando acordavam, depois que comiam e antes de adormecer.

Daquela vez, acordaram ouvindo os gritos de Urraca, que despertou como se estivesse sendo estripado e, quando se viu observado por dois pares de olhos curiosos, sentiu muita vergonha, mas finalmente disse:

— Tive um pesadelo. Sonhei que o dragão não era um dragão, era uma mulher que me matava. Preciso entrar no castelo?

Ele e Jimeno olharam para Elesbão, que respondeu:

— No castelo, sim, mas não no busparato que leva para onde o dragão está dormindo.

— Estás igual ao cavaleiro: cada vez que abres a boca é uma história diferente.

— Não é bem assim.

— Entonces, como é?

— Eu não sei de tudo, não sou o homem do papelo.

— E o que tu sabes?

— Um pouco mais que os outros.

— Fala de uma vez — ordenou Jimeno.

— De vedro, muito de vedro...

— Antes dos romanos.

— Bem antes dos romanos, a colina em que se ergueu o castelo tinha uma abertura, ainda tem. Era uma caverna, e uma vez por ano os habitadores de Castro precisavam alimentar o dragão.

— E imagino que ele gostasse de carne humana!

— Pois é, assim que provou não quis outra coisa.

— Como os lobos?

— É, como os lobos. Todo ano algumas jovens eram escolhidas para saciar o apetite do dragão, até que chegou um estrangeiro vindo do mar, Xostra.

— Xostra? Xostra? Ninguém se chama Xostra. É ultrajante — disse o cavaleiro.

— Xostra não é possível — falou Urraca.

— Xostra, sim, e ele se rebelou contra aquele costume. Entrou na caverna, matou o dragão e foi coroado rei. O primeiro rei de Castro.

— E como é que agora o dragão está vivo?

— O povo acredita que é um dragão, mas é o mal. Xostra não conseguiu acabar com o mal. Ele volta.

— De quanto em quanto tempo?

— Outro estrangeiro que debelou o mal explicou que sempre que há uma conjunção de Saturno com Mercúrio ou...

— Mas por que o mal volta?

— Quem sabe a caverna chegue até o inferno?

— Abrenúncio.

— Mas outros dizem que foi porque o dragão não pediu carne humana, nem foi enfrentado por um dos moradores de Castro. Por isso, o dragão tem licença de Deus para voltar à cidade de tempos em tempos, porque os habitadores de Castro ofenderam a Deus.

— É bem feito. É a paga pelo mal que fizeram, assim como os judeus que até hoje pagam todo ano trinta dinheiros por cabeça por terem vendido Cristo — falou Urraca.

Elesbão respondeu:

— Não, porque o tributo que paga quem nasce em Castro é pior, bem pior, porque é pago em sangue. Os romanos chamavam o dragão de "*nefas*".

— E só um estrangeiro pode enfrentá-lo? — perguntou o cavaleiro.

— Só um estrangeiro.

—Tenho medo desse dragão — disse Urraca.

— Não é um dragão. Uma vez foi um dragão mesmo. Outra vez, a peste; os piratas majus; uma aliança entre judeus e maometanos, que resultou em uma carniçaria de cristãos; uma bruxa. O mal também não gosta de se repetir.

— Como disse Urraca, essa história fica cada vez pior. Eu não sou carne para dragão.

— Não é isso. O mal se apossa da cidade, de alguém da cidade, e alguém traz o mal. Entendeste? Desperta o mal.

— Vou entender quando chegar lá.

E quando Elesbão e Jimeno deram a conversa por finda, Urraca continuou:

— Essa história do dragão e de um herói de bosta me lembra de outra história de buseira.

— Ocorreu também em Cacha Pregos? — perguntou Elesbão.

— Não, essa me foi contada em uma frascaria, não lembro onde, por um homem que não tinha um dente na boca. Quereis ouvir?

— Conta — disse o cavaleiro.

E Urraca prosseguiu:

— O homem sem dente me disse que existia um rei muito medoroso e muito cruel. Ninguém sabia se ele era mais cruel do que medoroso ou mais medoroso do que cruel. Era também invejoso e resolveu prender um mago.

— Um mago judeu? — perguntou Elesbão.

— Ele não disse se era judeu. Disse que era um mago muito conhecido no reino. O rei mandou prender o mago e avisou ao necromante que, se ele não descobrisse qual fora a comida preparada por ele mesmo, o rei, o mago morreria.

— Estou esperando pela bosta — falou o cavaleiro.

— Entonces, não espera mais, porque o rei tinha cagado em um prato de ouro e mandou que mais cinco pessoas diferentes cagassem em outros cinco pratos de ouro e mandou vir toda aquela buseira para que o mago adivinhasse qual era a bosta do rei.

— É uma história porca — disse Elesbão.

— Um banquete de merda — comentou o cavaleiro.

— Escuta. Em um prato estava um tolete grande quase seco. No segundo, uma bosta pastosa; no terceiro, aquela buseira de desarranjo; o quarto era o mais fedido e o mais cheio; o quinto parecia bosta de cabra; e o sexto tinha aspecto de bosta de menino novo. O mago não era mago à toa, mas teve que cheirar aqueles pratos com merda e pensou, porque era mais astuto que mago: "A merda mais fedida é de quem come mais carne, portanto, a que feder mais é a do rei, que é rico e come muita carne". E, por isso, informou ao rei que o prato real era o quarto.

— E era? — perguntou Elesbão.

— Era, por isso o rei ficou com raiva e mandou que ele provasse cada um deles para ter certeza. Mas o mago disse que não era necessário, pois intuiu que acertara. O rei, que estava cercado de ministros, todos cientes de qual era o prato dele, porque uma grande humilhação precisa ter uma grande assistência, ordenou que o mago comesse o que havia no quarto prato, mas o bruxo respondeu que era falta de educação comer antes do dono da casa.

— Era inteligente esse mago.

— Pois é. O rei não encontrou outro jeito de prejudicá-lo, riu e o dispensou.

— E a história acaba aí? — perguntou o cavaleiro.

— Não. Assim que o rei dispensou o mago, mandou preparar a forca para exemplar o atrevido e, no dia seguinte, mandou chamá-lo de novo e disse: "Se não disseres quando eu vou morrer... Te matarei". O mago, que já esperava por algo semelhante, respondeu: "Meu rei, fui avisado em sonho que morrerei três dias antes de Vossa Majestade". O rei fez uma cara de cabrão que vê a mulher de xarifa cheia com a pica de outro e...

— E? — perguntou Elesbão.

— Dispensou o mago e ordenou aos ministros que o preservassem de todos os perigos e o tratassem como se ele fosse herdeiro do trono.

— O rei era mais medoroso que cruel — comentou Elesbão.

— Era.

— E a esperteza é uma forma de magia — E o cavaleiro arrematou:

— Isso eu não sei, mas que inteligência pode ser muito útil, disso tenho certeza.

XI

Jimeno Garcia de Zamora, o renegado, era muito afeito a recorrentes e reiterados silêncios. Era de ordinário pensoso, poucas vezes bem falante e, muitas vezes, irascível; portanto, Elesbão não sabia com quem estava se metendo, questionando-o tanto.

Acontece que Saltador era um homem de sorte.

— É verdade que estavas presente quando Ibn Qasi fez amizade com Ibn Arrik?

— Não me recordo.

— É algo que muito se falou por onde passei à tua procura, que serviste como medianeiro no encontro entre aqueles que muitos consideravam *Mahdi* e o português.

— De algumas coisas é prudente não se lembrar.

— Dizem também que estavas no Ribat de Arrifana e no Palácio dos Balcões, que Muhammad Ibn Al-Mundhir não foi o único renegado a trair o imane que teve a cabeça espetada na lança e...

— Não completes a frase e esquece o que disseram de mim.

Urraca interveio:

— Acredito que queiras morrer. Ou entonces sois o diabo. É isso, és o diabo ou a ele serves.

— Por quê?

— Porque o diabo gosta de provocar. Em Cacha Pregos, onde nasci, quando havia alguma dúvida sobre um estrangeiro ser ou não um diabo, ou sobre alguém estar endemoninhado, fazíamos um teste. Fazíamos que ele comesse certas ervas e, depois, corresse e cagasse.

— E qual o prodígio de correr e cagar?

— Todo mundo sabe que só o diabo é capaz de correr e cagar ao mesmo tempo e ainda não se sujar de merda. É um atributo dos demônios e de seus filhos.

— É um costume estranho.

— Crês que devemos fazê-lo correr e cagar, Urraca?

— Ainda não, mas que Saltador fique avisado. Lembro que uma vez chegou a Cacha Pregos um rico mercador acompanhado de alguns serviçais. Chamava-se, ou melhor, dizia chamar-se Serapião e queria de tudo se informar enquanto tentava vender tecidos, joias e miuçalhas. Desconfiamos que não passasse de um judeu.

— O que faziam com os judeus?

— Nós o servíamos com um cozido de carne de porco e, depois, informávamos o que era. Ele entonces se denunciava com uma careta, um engulho, ou mesmo descomendo. Se desconfiássemos que fosse agareno, ordenávamos que os cachorros o lambessem.

— E com o mercador, fizeram o quê?

— Ele era pepolim e fedia.

— O que é pepolim?

— *Cojuelo* — respondeu Jimeno.

— *Cojuelo* e fedido só mesmo o diabo. Por isso, depois de "medicinado", o despimos e o fizemos suar.

— Ele era o diabo?

— Não, mas devia ser um espião a serviço de alguma taifa ou do rei de Castela. Quando foi embora, esqueceu o caminho da nossa cidade.

— Onde fica Cacha Pregos?

— Não fica mais, esqueceste?
— Quem sabe aqueles velhacos a mudaram de lugar, Urraca? — perguntou Jimeno.
— É possível. É até mesmo provável — respondeu o escudeiro, que em seguida sorriu.

XII

O bulhofre começou a voar em círculos e Elesbão informou que logo chegariam aos afumados da cidade e à hospedaria ou caravançará de Pascácio Ibarra, conhecido como o santarrão:
— O que vamos fazer na estalagem, sem nenhum maravedi? — perguntou Urraca.
— Está tudo pago, portanto, vamos comer, dormir e aguardar.
— Aguardar o quê?
— Os cavalos, a armadura. Tenho certeza de que Ignácio Barbão já saiu da cidade com o necessário para nossa entrada em Castro.
— Entonces, seremos recebidos como heróis?
— Sim, mas lá o cavaleiro ficará aposentado no castelo onde dorme o monstro.
— Jimeno, este *hijo de puta* não está com boas intenções.
Elesbão sorriu e calou-se para só falar outra vez um quarto de hora depois, quando anunciou que tinham chegado:
— Aquela é a estalagem e, no cabeço da serra, a cidade. Se olharem com cuidado, verão o castelo do Bulhofre.
Eles olharam e apressaram o passo.
No caravançará, foram bem recebidos por Pascácio e sua gente. O lugar estava deserto àquela hora da tarde, à exceção de um mercador que se embriagava com o bom vinho da

Galiza e que saudou os viajantes com uma mesura exagerada. E, quando os três degustavam um guisado de miúdos de aves, a famosa pepitória de Castro, empurrada com pão e vinho, viram chegar Ignácio Barbão com uma carroça, alguns ganha-dinheiros e dois soldados.

Elesbão, que conhecia todos, fez as apresentações, porém, como os circunstantes ali estavam tão sérios quanto porcos mijando, disse a Jimeno:

— Repara nos soldados. São irmãos.

— Nunca vi tão dessemelhantes.

Pois André Cunha era baixo e gordo e Javier, alto e magro. Ao que o mais velho respondeu:

— Somos irmãos apenas por parte de pai, que teve tantos filhos que foi chamado por um homem sábio e de boca suja de Adão e mescão da Ibéria.

O outro completou:

— Mas esse traste quer fazer uma troça conosco. Pode fazer. Não me faz mossa.

— Eles são conhecidos como "os Cunhões". Mas só quando andam assim, um ao lado do outro.

Todos riram, mas Urraca riu mais que todos. Depois, disse:

— Parecem os meus culhões porque tenho um em cima e outro embaixo.

Os irmãos não gostaram da confidência e menos ainda da comparação.

— E por que te chamam Urraca?

— Porque minha mamãe queria que eu tivesse nascido mulher e me chamou assim enquanto viveu.

— Entonces, te chamarei Urraca com culhões — disse Javier Cunha.

— É até melhor porque esclarece o que é evidente, que não sou mulher e tenho necessidade de mulher.

— Pois estás mal, porque, nesta estalagem, o santarrão não permite a estadia de nenhuma rameira; mas em Castro há muitas casas de putaria e putas para todos os bolsos. Há até uma mancheia de putas esfarrapadas que não se incomodam de ter comércio com homem nenhum, nem mesmo com gafentos.

Pascácio, que tinha o aspecto de um carneiro velho e lanzudo, interveio:

— É por isso que o dragão está em vias de acordar. Castro é uma cidade perdida, oxalá o cavaleiro mate o beliz e nos salve a todos da calamidade.

Urraca respondeu:

— Eu pensei que ele fosse matar o dragão.

— O dragão, o beliz que quer acordar o dragão. Não faz diferença. Mas saiba que estarei rezando.

— Reza direito — disse Javier, o mais moço dos irmãos.

Mas foi Saltador quem continuou a conversa, apontando para Pascácio e falando a Jimeno:

— Acreditas que este bom homem já foi tido por herege?

— Em Castro, todos somos hereges — disse André.

Ao que o estalajadeiro contradisse:

— Fale por si. Eu fui acusado por dizer a um malvado, à puridade, que judeus, mouros e cristãos servem ao mesmo Deus, o Deus de Abraão, e não é mentira, fui absolvido pelo conselho.

— Mas te disseram para não falar com estranhos.

— É algo impossível para um estalajadeiro, foi o que respondi. Mas desde então ando com um freio na língua e, se não julgasse não ter o que temer neste instante, não abriria a boca, ou quase isso. Era sim, sim. Não, não.

— O que passa disso vem do maligno — disse o homem que se embriagava.

— Segundo São Pedro, São Paulo ou São João? — perguntou Jimeno.

— Segundo o próprio Senhor Jesus — respondeu o mercador.

— E desde quando conheces a brívia? — questionou Pascácio.

— Não conheço, conheço esse trecho que meu velho pai, que falava tão pouco a ponto de alguns acharem que era mudo, repetia sempre que nos púnhamos a tagarelar e falar da vida alheia. Mas quem vive de fazer barato tem que falar, não é? E o cavaleiro tem que matar o dragão.

— Matarei — disse Jimeno.

— Jimeno Garcia de Zamora é o teu nome?

— É.

— O cavaleiro da barba florida. Já ouvi muitas histórias a teu respeito.

— Entonces, esquece. Eu só quero ser lembrado por uma história: que matei o dragão que assustava a boa gente de Castro.

Ignácio Barbão sorriu pela primeira vez.

XIII

Antes de se deitar para dormir em um grabato que parecia ter mil anos, o cavaleiro fez alguns exercícios espirituais. Mesmo assim, quando adormeceu, não pôde escapar dos efeitos de muitas fantasmagorias que vieram com o sono e o lembraram de todas as vezes em que miseravelmente falhou. E não foi uma ou duas ou três vezes que fracassou o cavaleiro Jimeno Garcia de Zamora; por conseguinte parecia interminável a imageria desordenada das derrotas que viveu, até que os maus sonhos culminaram com a visão ominosa da cabeça de Ibn Qasi espetada na lança que o muridino ganhara de presente de Ibn Arrik, o cristão.

Acordou.

Dormiu outra vez.

Mas era despertado sempre pela visão do homem santo morto e vilipendiado, até que se levantou e retomou os exercícios espirituais.

Porém, assim que saiu do aposento, esteve aos cuidados de Ignácio Barbão, que o instruiu a podar a barba e a vasta gadelha e fazer reiteradas abluções para se livrar do mau cheiro impregnado no corpo de bebedor inveterado.

Durante aquele dia, obediente que fora a todas as ordens, mesmo as mais disparatadas, como a de beber muita água e comer apenas um polme feito de substância não sabida — que teve o efeito de fazê-lo suar muito e cagar demasiado —, não se sentiu mal e não teve medo em momento algum.

Por fim, vestiu a armadura, experimentou o cavalo e esperou a hora de partir para Castro.

Não dormiu nem se recolheu, pois Barbão o tinha prevenido de que, ao alvorecer, estariam às portas da cidade. Lá seriam recebidos de modo festivo e seguiriam até o castelo do Bulhofre, lugar do medo, da morte e da demência, onde dormia o dragão, e ele permaneceria sem poder sair até matá-lo.

Urraca, no entanto, teria permissão de entrar e sair. Poderia até mesmo circular pelos arredores de Castro, mas se tentasse escapar seria em vão.

E foi em vão que os Cunhões tentaram assustá-lo contando histórias sobre cavaleiros que jamais saíram do castelo.

Nessas ocasiões, Jimeno não sentia medo; o medo ia diminuindo à medida que a hora do perigo chegava. Era como se mente, corpo e espírito se unissem para a mesma finalidade, fazendo-o sorrir de modo sereno das histórias apavorantes que ouvia.

Tal atitude o fizera conhecido em toda a Ibéria, coração do mundo, mas também o fizera perder o que trazia entre as pernas e trouxera muitos outros dissabores à sua existência atribulada.

Porém, não tinha importância.

Não sentia medo.

Nem mesmo da morte. Cumpriria o seu fado, ou melhor, iria até o fim, pois o cavaleiro não acreditava em destino, acreditava que Deus dera ao homem o livre-arbítrio para se salvar ou se danar. Os homens é que escolhiam mal. Mas isso é outra história.

Pensava que aquela seria a última oportunidade para sentir verdadeiro orgulho de si e poder morrer em paz.

Que viesse, pois, o dragão, a fogueira, a demência ou o que quer que fosse. Ele era Jimeno Garcia de Zamora e não fugiria nem diante de todos os demônios congregados.

Já Urraca não parava de falar, mas na hora certa se calou e, quando o sol apareceu, estavam diante das portas de Castro.

XIV

As portas se abriram e o cavaleiro, conforme o costume, retirou o elmo — que logo passou de mão em mão e ganhou destino ignorado —, descavalgou e puxou o cavalo pelas rédeas enquanto caminhava por ruas que se estreitavam em uma espiral ascendente e terminavam no castelo do Bulhofre.

A cidade o recebeu em festa.

Havia música e dança, e a gente que não estava na rua, estreitando-lhe a passagem, estava nas janelas ou em cima dos telhados e o vivava: as mulheres batiam palmas, gritavam de alegria, mais à moda sarracena que à moda cristã. Algumas jogavam nele mancheias de sementes de romã, que faziam barulho ao bater na armadura; os homens berravam que ele matasse o dragão e afastasse o diabo e o faziam com a linguagem mais crua que encontravam.

E ele permanecia fascinado, seguido por Urraca e rodeado por soldados trapidos com armaduras brilhantes.

Era precedido por algumas dezenas de meninos e meninas despidos, todos com menos de sete anos, que abriam o cortejo, cabriolando. Depois das crianças vinham moças que tocavam adufes, pandeiros, címbalos, flautas, charamelas e outros instrumentos musicais que ele nunca vira e que faziam muito barulho, até chegar a vez deles, o cavaleiro e o escudeiro, os salvadores de Castro, ilhados pelos homens mais fortes da cidade.

Seguiam-nos algumas dezenas de penitentes de dorso nu que se autoflagelavam com pequenos chicotes, os quais, no entanto, laceravam a pele com muita eficiência.

Por fim, os onze do conselho, entre eles o juiz de livro e de foro Zacarias Cañizal, molestado por tantas levadigas que andava com os braços abertos, a modo de um medonho espanta-pardais.

E ainda restavam os bulhofres, pois, a cada cem passos que o cavaleiro andava, um pássaro era libertado e voava sobre o cortejo.

Portanto, tudo durou uma eternidade ou um quarto, dois quartos, três quartos de hora, e logo o renegado se viu diante do castelo, cujas muitas portas estavam abertas.

Ele, conforme fora instruído, montou, assim como Urraca, deu meia-volta com o cavalo e falou ao povo como se fosse um padre de aldeia:

— O bem nasceu e, depois dele, o mal; entonces, o mal propôs ao bem que morassem juntos e o bem aceitou. Passou um tempo e o mal propôs ao bem que criassem ovelhas e o bem aceitou, e o mal pediu que o bem escolhesse o que queria das ovelhas, porém o bem se recusou a escolher primeiro e o mal preferiu ficar com a lã e o leite e o bem aceitou. Algum tempo depois, o mal perguntou ao bem se não era bom que os dois criassem porcos e o bem concordou, e o mal disse que, já que ele tinha ficado com a carne das ovelhas, agora ele ficava com a carne dos porcos e o bem com o leite e a lã, e o bem achou justo; passou-se mais um tempo e o mal sugeriu que ambos plantassem nabos e propôs-se a ficar com tudo que estivesse por baixo da terra e o bem, com tudo que estivesse por cima, e o bem outra vez concordou, assim o mal ficou com os nabos e o bem, com as folhas; não muito tempo depois, o mal propôs que plantassem couve, e, como da outra vez tinha ficado com tudo que estava embaixo da terra, ficaria agora com tudo que estava por cima, assim o mal ficou com as couves e o bem com as raízes, e o bem outra vez concordou; por fim, o mal propôs que trouxessem uma mulher para a casa, e o bem concordou; o mal sugeriu ficar com a mulher da cintura para baixo, enquanto o bem ficaria com a parte de cima da mulher, e o bem concordou, assim a mulher trabalhava para o bem de dia e era esposa do mal à noite. Passados alguns meses, a mulher engravidou e deu à luz um menino. Um dia, o bem chegou em casa e a mulher estava amamentando a criança; entonces, o bem a proibiu, pois os seios eram da sua parte; ao chegar em casa depois, o mal viu a criança chorando e perguntou à mulher por que não amamentava a criança. A mulher logo se explicou e o mal foi falar com o bem, que se recusou a deixá-la amamentar a criança, pois não tinha infligido nem uma vez os acordos entre eles. O mal se entristeceu e pensou que, se não implorasse, seu filho iria morrer, e assim implorou ao bem que deixasse a mulher amamentar seu filho. O bem pensou e concordou. Porém, com a condição de que o mal fosse até as portas da cidade e gritasse que o bem sempre vence o mal, e o mal, para não ver o seu filho morrer, fez o que havia prometido ao bem.

O povo não gostou do que ouviu, não achou apropriado, mas aplaudiu.

Ele, no entanto, entusiasmou-se consigo mesmo, desembainhou a espada, ergueu-a, e, dando as costas ao povo, galopou para matar o dragão.

Urraca o acompanhou.

E logo entrou em um imenso salão e se viu diante de um casal de velhos que resmungava e sete mulheres em adiantado estado de gravidez, que fiavam. Uma delas, quase uma menina, disse, assustada:

— O cavaleiro maninelo.

O velho levantou-se, rabugento, acompanhado da velha, e disse:

— Descei, tirai esses cavalos daqui.

Eles descavalgaram. Logo, homens vestidos de estamenha e encobertados por cogulas que davam medo fecharam as portas centrais do castelo e levaram os cavalos até uma porta lateral do salão. Ainda atônitos, Jimeno e Urraca foram tangidos para a porta que ficava do lado oposto daquela por onde os animais haviam sido retirados.

XV

Ao seguir o velho, Jimeno parecia que ia explodir de tanta raiva e extravasar em descomposturas e blasfêmias, mas esperou que o ancião o conduzisse a uma sala guardada por outros dois homens, na qual foi obrigado a permanecer em pé diante de um indivíduo avelhantado que ele vira no cortejo. O homem estava sentado em uma magnífica estadela. Porém, o cavaleiro não deixou que o "anfitrião" começasse a falar:

— Não há dragão. Fizeram-me vir até aqui e não há dragão.

— Há o mal e ele tomará conta de Castro. Ele talvez tome forma de dragão.

— Quero vê-lo.

O homem sorriu e disse:

— Vou pedir para que eles te levem lá, mas antes preciso explicar o que se passa.

— E o que se passa?

— O mal, ou melhor, alguma criatura maléfica habita a lura deste castelo e toma conta da cidade de tempos em tempos.

— Entonces, eu posso matá-la.

— Não podes. Ninguém pode. Mas podes matar aquele que a libertará.

— E quem é? É homem? Tem sangue vermelho? Nasceu de mulher?

— Ainda não nasceu.

— Como assim?

— O beliz ainda vai nascer. Conforme os sinais, será o filho de uma das sete mulheres que estavam a fiar na...

Jimeno Garcia de Zamora moveu-se furioso e bateu no homem quase velho sem piedade ou respeito nenhum. Aplicou-lhe uma facenada de quebrar osso de gente sem sorte.

Os homens de cogula permaneceram quietos, mas Urraca o conteve e disse:

— Deixa o homem falar.

E o homem, que depois da facenada pareceu perder a dignidade e envelhecer alguns anos no tempo em que o diabo coça o olho, falou o mais rápido que pôde:

— Um deles é o beliz, porém só se dará a conhecer... Só dará sinal de inteligência prodigiosa... da inteligência prodigiosa que o caracteriza quando começar a falar. Todavia, assim que pronunciar a primeira palavra, ninguém mais poderá impedir que se entregue ao mal, porque já estará protegido pela coisa má que habita o castelo. O mais seguro é matar as sete mulheres.

— Desgraçado, cagarrinhoso, eu não atravessei a Ibéria para matar mulheres.

— Vá até a lura e volte aqui.

O velho fez um sinal para aqueles que, posteriormente, o cavaleiro descobriu que eram chamados de oblatos. Enquanto isso, ele esputava de tanta fúria.

Jimeno ficou indeciso se obedecia ou não. Mas Urraca o compeliu a obedecer, e eles seguiram os homens que andavam apressados por corredores que desciam sempre até uma enorme porta, que eles abriram. Jimeno, que tentava falar com um e com outro sem obter resposta alguma, começou a gritar:

— São mudos, desgraçados?

Eles escancararam a porta e abriram a boca, dentro da qual faltava a língua, e empurraram os visitantes para dentro.

No lugar, que mais parecia uma caverna iluminada por poucos archotes, só se distinguia uma abertura, um busparato, por onde passaria um homem. Mas nem Jimeno, nem Urraca tiveram ânimo de nele penetrar, pois o mau cheiro e o mal-estar que sentiram de maneira difusa à medida que se distanciavam da porta e se aproximavam da fenda se intensificou; era um odor nauseabundo, cujo efeito foi provocar enjoo e uma dor intensa no cachaço, que logo se espalhou pelo alto da cabeça e se derramou pela espinha, o que fez as pernas de ambos bambearem.

Um instante depois, Jimeno percebeu que Urraca caiu como um animal que fraqueja. E ele, que não conseguia pensar direito, sentiu a boca encher de uma saliva azeda, até que vomitou e caiu.

Acordou diante da porta, sob os olhares dos homens das línguas cortadas que esmagavam coágulos de romã no rosto dele.

Urraca já estava de pé e, quando ele se ergueu, os homens o arrastaram para a sala onde o velho esperava.

O velho mandou que oferecessem vinho aos dois.

Eles beberam e Jimeno, desta vez mal acomodado em um alfâmbar no qual estavam bordados desenhos medonhos que ele não quis perceber por muito tempo, perguntou:

— O diabo é mais esperto porque é mais velho ou porque é diabo?

O velho não respondeu, mas disse:

— Eu me chamo Xostra.

— O homem que me trouxe aqui disse que Xostra era o nome do estrangeiro que debelou o mal quando Roma não queria dizer nada.

— É como chamam o homem do papelo, o zelador do castelo, o guardião do mal, enquanto não chega o cavaleiro. Meu nome é outro, mas isso não importa.

— E o que importa?

— Só um estrangeiro pode debelar o mal, e não é qualquer estrangeiro.

— Agora sei. Não posso. Talvez Urraca possa.

O escudeiro teve um sobressalto e falou de rompante:

— Não sou cavaleiro. Sou mais estafeiro que escudeiro. Não andei pelo deserto e não sei rezar como devia.

Mas o velho ignorou o motejo e falou a Jimeno:

— Nós sabemos que és um homem de fé, não vale a pena negar nem debochar da nossa precisão.

— Um homem de fé não deve matar mulheres, embora eu já tenha matado, mas foi há muito tempo.

— O modo mais seguro de salvar a cidade é matar todas, mas nunca se sabe. Talvez haja outra maneira para que escapemos do mal e não sejamos alvo da ira de Deus.

Jimeno sorriu.

O velho falou:

— Descobre qual das sete é a mãe do beliz e leva-a embora. Livrai-nos do mal, ninguém mais pode.

— E por que caiu sobre mim essa terrível responsabilidade?

— Porque só pode matar um beliz quem já serviu ao demônio e voltou a Deus.

— Nunca fugi das minhas responsabilidades.

Xostra suspirou, sentindo um alívio tão intenso que poderia ressuscitar um homem.

Agora Jimeno era Xostra, e ele era apenas Roderico Cafaro, mas ainda seria o homem do papelo e teria grandes responsabilidades.

Porém, não a maior delas.

XVI

Jimeno e Urraca, se não estivessem dormindo e babando, depois de se fartarem com almonjava, chegariam facilmente à conclusão de que os habitadores de Castro acendem uma vela a Deus e outra ao demônio, pois enquanto eles estiveram dentro do castelo do Bulhofre, a cidade continuou em vodas. Quer dizer, a partir das três da tarde, Castro começou a ser invadida por mascarados.

Eram caretos, facanitos e embuçados em cabeças de chibo. Estes só vestiam a máscara, pois de resto estavam nus e de pica dura.

Chegavam carregando estranha bagagem, sendo a mais visível postes que fincaram em vários pontos da cidade e na Praça dos Quinze Mistérios.

Os caretos fincavam os postes, os homens de cara de chibo subiam nos postes e amarravam neles uma espécie de cesto coberto de barro com um gato vivo dentro. Os postes eram, então, encordoados, engraxados com uma substância untuosa e cobertos de palha, enquanto os facanitos tocavam flautas em um ritmo monótono e exasperante.

E assim foi até a noite, quando a praça se encheu de gente das três leis e de todas as classes, que não se cansavam de entoar uma canção ominosa, até que dois homens de cabeça de chibo levaram uma vaca prenha para o meio da praça. Em seguida, um deles exibiu um cutelo e o outro conseguiu produzir um som diabólico soprando em um chifre oco.

Foi o sinal para que os facanitos ateassem fogo aos postes.

O fogo subiu rapidamente iluminando a noite enquanto os gatos miavam ensandecidos à medida que as chamas avançavam.

E como o fogo consumia as cordas, os cestos embarrados caíram e se espatifaram no chão, libertando os gatos em chamas que correram para o meio da multidão no intuito de apagar o fogo de si.

Enquanto isso acontecia e a multidão se agitava como um mar tempestuoso, o homem do cutelo sacrificava a vaca prenha.

Morta a vaca e agonizando o bezerro nonato, entrou outro homem com cara de chibo no meio da praça. Ele impressionava pelo tamanho da pica esticada e cabeçuda. O homem trazia consigo um tambor, que tocou de maneira lasciva; depois se desfez do bumbo, correu até a multidão e trouxe para o meio da praça uma mulherzinha magra que calçava chispo, retirou um dos sapatos dela e mostrou a todos. Foi a senha.

Daí por diante, os homens com cara de chibo correram para caçar as mulheres que calçavam os airosos borzeguins enquanto o picudo fodia a mulherzinha por todos os buracos.

A multidão se dispersou, mas os homens com cara de chibo perseguiram até dentro das casas as malsinadas damas e as trouxeram para o meio da praça, onde todas foram fodidas, à vista de quem quisesse ver, o que durou muito tempo.

Porém, ao amanhecer, já não havia postes, fogueiras, gatos e gritos, e Urraca poderia jurar que a gente de Castro dormira o sono dos justos e dos remidos.

XVII

No dia seguinte, Jimeno chamou Roderico Cafaro e Urraca para conversar e perguntou o que já sabia:

— Urraca pode sair do castelo?

— Apenas o cavaleiro não pode sair.

Ele se dirigiu a Urraca e falou:

— Entonces, tu irás para todas as casas, tascas, baiucas, tavernas e casas de putaria saber o que dizem das mulheres que estão aqui e, principalmente, dos pais, maridos, irmãos e filhos das mulheres que estão aqui.

— Não acharão estranho? — perguntou o escudeiro.

— Não — respondeu o velho, que continuou: — Segundo a tradição... segundo a tradição, o escudeiro de Xostra é um peco.

— Mas eu não sou um peco.

Jimeno respostou:

— Mas parece. Conta histórias de Cacha Pregos, bebe, come, fode e não te esqueças de nada. — E falando para o velho: — Suponho que não faltará dinheiro.

— Não. O escudeiro não deve ser cobrado por nada, tanto em Castro quanto nos arredores da cidade.

— Entonces, circula pelos arredores. Vai caçar como gostas. Fala com todo mundo. — E voltando-se outra vez para o velho: — Todos sabem que as mulheres estão recolhidas aqui?

— Sabem, sim.

— E o que mais eu devo saber?

— Xostra não deve desconhecer o alfabeto.

— Não, não desconheço.

— Vou levar-te até o *scriptorium*, onde estão os papéis sobre o que se passou em Castro desde os primeiros sinais de que o mal retornaria e, de antes disso, desde que existe o conselho.

— Por que há gente de todas as crenças no conselho?

— Porque Iñiguo Peñuela Cañizal, que um dia foi Xostra, acreditava que, como o mal não faz distinção de crenças, agarenos e judeus poderiam ajudar a impedir que ele se propagasse.

E sem dizer mais nada, o velho levou o cavaleiro até os papéis, escritos em várias línguas e em várias caligrafias. Ao perceber aquele amontoado de livros, Jimeno olhou com enfado o velho e disse:

— Por que não me contas sobre a vida das mulheres?

— Porque os homens creem mais nos olhos do que nos ouvidos.

E o deixou.

Sozinho, o cavaleiro leu sobre as mulheres mais ou menos o que se segue:

XVIII

Senhora Dona Sancha
Coberta de ouro e prata
Descubra o seu rosto
Quero ver a sua cara
Que anjos são esses
Que a estão rodeando
É de dia, é de noite
Padre-Nosso, Ave-Maria!?

A filha do moleiro era conhecida na cidade por viver brincando de roda e repetindo essa cantiga. Toda a gente conhecia a voz doce da mocinha, em cujo corpo o tempo modelava exuberante formosura, que vinha a se juntar aos belos cabelos de trigo em ponto de ceifa e aos grandes olhos amarelados.

No entanto, a mocinha era ainda de modos e comportamento tão menina que mesmo os mais consumados patifes chegavam a sentir alguma culpa quando imaginavam despi-la.

Já o pai, Xosé Pelayo, não gozava de tanta consideração, pois, marido de mulher fremosa e honesta, entregava-se à jogatina, às putas, à bebida e, sobretudo, à blasfêmia, das quais eram vítimas Deus, a Virgem, os santos e, amiúde, Cristo, Moisés e Maomé.

Nem o próprio diabo escapava.

Gostava de contrariar a todos pela vaidade de ser diferente, pela alegria de altercar e o prazer de causar escândalo.

Porém, ao saber, pela esposa, das formas arredondadas da filha — a qual ninguém, nem as piores coscuvilheiras, notou em companhia de rapaz ou homem algum, mas apenas de outros meninos —, calou-se. Tornou-se um homem taciturno, que quando bebe, e bebe muito, acompanhado do amigo Eutelo Mariaga, apenas cochicha, resmunga, tartamudeia imprecações sobre o conselho e o castelo, onde vive a filha, putativa esposa do diabo e mãe do beliz.

Mas, se nunca foi vista em companhia de varão perfeito, como pôde engravidar a mocinha?

As más-línguas dizem que não é porque ninguém viu que ela não esteve com homens. Mas a história que a mãe contou às parentas, entre lágrimas e suspiros copiosos, foi que, embora já sangrasse, Larinha era tão menina que, apesar dos seios, não teve com a filha maiores cuidados.

A menina, porém, quando perguntada como aquilo aconteceu, o que de estranho se passara com ela nos últimos meses, disse que, certa noite, mergulhou em sonhos intranquilos dos quais acordou percebendo que acariciavam aquilo que as mulheres quase nunca mostravam.

Não sabia o que era, mas aquilo a fez molhada e feliz, até que sentiu como se uma planta crescesse por dentro dela.

Foi o que disse.

Sentiu uma dor intensa que a fez sufocar um soluço e, depois, um delíquio. Em seguida, acordou de vez. Havia sangue na cama. Sangue e um besouro negro.

E lembrou à mãe que, embora tenha afastado o besouro para um canto escuro do quarto, ela a chamou.

A mãe se recordava disso, mas na ocasião pensou que fossem as regras que haviam chegado na hora errada.

Tal história, que se espalhou pela cidade como a peste, pareceu a alguns coerente demais para ter sido criada por menina tão tola. Outros, porém, lembraram que de tanto blasfemar, que de tanto chamar pelo diabo e ofender a Deus, Xosé Pelayo teve a casa, a cama e o corpo imaculado da filha maculados pelo próprio demônio.

Era bem feito.

XIX

Quem teve a ventura de ter visto a menina e a moça poderia pensar, como de fato muitos pensaram, que a filha do moleiro, quando fosse mulher perfeita, se tornaria a mais bela de Castro.

Mas isso era e ainda é uma possibilidade, uma vez que a mulher mais bela de Castro era Gasparina, primogênita de Dom Benigno Otero Cepeda, senhor de baraço e cutelo de muitos dos habitadores da cidade, o que a fazia, ainda em idade de casar, uma mina de ouro para ambiciosos de toda a Ibéria. Porém, nenhum deles se mostrou perfeito para o pai, homem ciumento que não conversa mais que um padre-nosso com qualquer pessoa.

Os Otero Cepeda são gente arredia e orgulhosa, de modo que, aparentemente, ninguém sabia de coisa alguma que se passava no solar da família, pelo menos era o que pensava o pai de Gasparina, mas a verdade é que, como matos têm olhos e paredes têm ouvidos, muito se especulava — embora em voz baixa, pois Dom Benigno era dado a violências e crueldades — que ele não casava a filha porque a amava de modo insensato, ainda que não desonesto.

E tais rumores tornaram-se ainda mais públicos quando ele próprio apresentou ao conselho a filha grávida, e ela pôde contar a história em que pouca gente acreditou, embora tenha jurado pelos livros santos: disse que ao caminhar pelo bosque das ginjas onde costumava ir desde criança, sendo costume conhecido de todos, foi atacada por um homem negro, que a violou.

O pai confirmou a história, acrescentando que só apresentara a filha ao conselho por acreditar que o homem negro era o próprio diabo.

E assim a jovem mulher foi recolhida ao castelo, onde não parece tão infeliz quanto alguém que foi fodida pelo demônio.

Consequentemente, quando a notícia se espalhou, as pessoas mais crédulas pensaram que se até os Otero Cepeda eram alvo da calamidade, que mais uma vez se abatia sobre Castro, era sinal de que o conselho desta vez não exagerava em seus temores.

Além do mais, havia o detalhe de ser um homem negro, e era como um homem negro que o diabo aparecia por toda aquela região.

Mas os incrédulos diziam que entre os mouros havia homens negros que definitivamente não eram diabos. Ao que os primeiros retrucavam que o homem negro em questão não poderia ter vindo do norte, já que, como todos sabiam, não existia negro no norte, embora houvesse piratas majus, e do sul também não viera, porque precisaria ter passado por Castro, ou seja, só podia ter sido o diabo que violou Gasparina.

Porém, os maldizentes sorriam e desafiavam:

— Espera o menino nascer... Dou o cagalar a um cavalo se Gasparina parir um negrinho.

XX

A puta mais puta de Castro e puta perfeita e absoluta porque era puta por vocação e não por necessidade era Ricardina Arde-lhe o Rabo, também apodada de Ricardina Arrombada, cuja xarifa era mais conhecida que o nome do alcaide.

Ricardina não se dava por dinheiro. Aceitava mamona porque precisava comer, beber, vestir-se e morar, mas se dava mesmo por prazer, do que não fazia segredo e não enjeitava nem pobres, nem ricos, nem devassos, nem donzelos, nem velhos, aleijados ou meninos.

Não enjeitava língua, dedo ou caralho.

Diziam, no entanto, que gostava de foder na frente dos pequenos para que a foda fosse mais endemoninhada, para que sentisse ainda mais prazer, e ainda blasfemava: comentava que, no paraíso, Adão e Eva fodiam, mas não gozavam, e que ela sentia prazer em foder com padres e dentro da Igreja.

Também não se furtava a machear outras mulheres sempre que podia e, como se entregava a posições estranhas quando trepava com os mais devassos da cidade, pois fodia à moda dos coelhos, dos cavalos, dos cachorros e mesmo dos peixes, dos caracóis e dos sapos, todos diziam que, se desse à luz algum dia, nasceria um aleijado ou algum demente nojento desses que vivem babando e não podem conviver com gente normal.

Portanto, muitos não tiveram dúvidas de que ela fosse a mãe do beliz quando a notaram, gorda e barriguda, seguir conduzida para o castelo do Bulhofre.

E a censuraram perguntando-lhe por que não evitou o filho de sete porras que trazia no ventre, uma vez que a antiga *moqqadema* lhe ensinou mais de uma vez, desde que ela começou a sangrar — pois na putaria já estava desde antes —, a evitar pôr mais um filho da puta no mundo.

— Por que não evitou o menino?
E a resposta era porque queria ser mãe, e não pensava em quanta vergonha o filho sentiria.

Entretanto, jurou que o pai do menino não era o diabo, mesmo porque, pensava ela, e dizia, uma mulher que fodesse com o diabo morreria de prazer, mas deu o nome dos onze homens com quem tinha relações mais frequentemente.

E como mesmo recolhida ao castelo tentava satisfazer o desejo que lhe abrasava as entranhas, foi ameaçada de ser castrada, ao que retrucou:

— Não sou homem, nem judeu eu sou.

O homem do papelo bufou de raiva e mandou chamar a *laarifa* para conversar; depois, pediu que a mulherzinha de olhos de murganho explicasse à depravada como certos mouros do deserto extirpavam a crica das meninas para que elas não pecassem e como o físico Cosmo Duarte — que era voz corrente, não gostava de putas, detestava putas, tinha ódio de putas — se ofereceria gostosamente para realizar a mutilação.

Ricardina não se impressionava facilmente, mas daquela vez ficou tão assustada que pediu para que falassem à nova *moqqadema* que lhe receitasse um chá ou um elixir de esfriar mulher, o qual foi autorizado e levado a ela pela *laarifa*. Desde então, ela deixou de tentar as outras mulheres e os homens que guardavam o castelo, mas não renunciou ao prazer solitário que tanto ofendia e ultrajava São Paulo.

XXI

Ximena Dorronsoro enviuvou dois anos depois de casada. O marido, Sancho Dorronsoro Uruñuela morreu na batalha de Aguascalientes, quando os cristãos foram batidos pelos mouros de Córdoba e, por isso, porque era ainda jovem e mais ou menos bela, todos esperavam uma viuvada.

Viuvada que não houve, assim como não houve novas núpcias, embora o melhor amigo do morto, o bailio e litrato Tello Menéndez, visitasse sempre a viúva, acompanhado da irmã ou da sobrinha, para almoços e jantares.

Tello Menéndez era um homem que gostava de contar histórias, de música e de poesia, e que, não era segredo, embora ele nunca tivesse confessado, amava Ximena desde antes de ela se casar com o amigo. Por isso, era apodado pelas tabernas como "o namorado da viúva" ou "o apaixonado de quaresma", porque não tocava na carne.

E Ximena gostava da companhia dele.

Mesmo assim não houve viuvada.

Talvez porque Ximena quisesse preservar o nome da família; talvez por orgulho, porque Tello tinha sangue judeu; talvez por amor ao marido morto.

Por isso, toda a cidade comentou quando a viúva, discreta como sempre, se apresentou ao conselho e seguiu para o castelo do Bulhofre, sem dar satisfação a mais ninguém, nem mesmo ao amigo.

Quanto à história que contou, dividiu opiniões.

Disse e jurou que, certa noite, assim como a filha do moleiro, teve sonhos intranquilos.

Sonhou que o marido voltara para casa, belo como um príncipe, ou pelo menos como o cavaleiro que era, e, sôfrego de carinhos, a possuiu como nunca antes, o que resultou no filho que trazia no ventre.

Ao acordar do sonho, estranhou, pois as entranhas cheiravam e sabiam a homem, o que a assustou imensamente e mais assustada ficou quando suas regras não vieram.

Disse, ainda, que pensou em se matar, mas ponderou que poderia ter sido vítima de um diabo, de um íncubo e, alguns meses depois, chegou à conclusão de que todos aqueles pensamentos eram inúteis, eram como pecados contra o Espírito Santo, pois se convenceu de que fora o marido que a visitara para dar-lhe o que tanto queria: um filho, algo que em breve, devido à sua idade, tornar-se-ia impossível.

E, dizendo isso, olhou nos olhos do menos generoso e mais cruel dos integrantes do conselho, como se o desafiasse a contradizê-la.

Por fim, disse que sabia que não era mãe do beliz, que não havia pecado, mas cumprido os deveres matrimoniais. No entanto, se submetia a viver no castelo, pois seu filho nasceria no mês em que, segundo os sinais, viria ao mundo o beliz, e para lá seguiu orgulhosa do ventre crescido.

Tello Menéndez não se deu por achado e, quando inquirido pelo conselho se tinha responsabilidade no arredondamento do corpo da viúva, jurou que não, e ofendeu-se da pergunta em três línguas.

Houve quem acreditasse na viúva.

E houve quem dissesse que Tello Menéndez quebrara o jejum.

XXII

Elesbão Saltador não queria representar o "povo da rua" de Castro no conselho e tinha razão, pois diante dos outros dez consiliários passou a maior vergonha da vida, tendo de se confessar publicamente gamo, cuco e cabrão.

É verdade que a mulher dele, Leonora, soldadeira de poucos dotes e muitas carnes, era boneja e bagaxa, mas ele fingia não saber coisa alguma, embora soubesse e nem por isso deixasse de amá-la com a alma e com a carne.

Por isso mesmo, não disse nada à companheira quando a levou para o conselho, uma vez que seu "terceiro filho" nasceria em maio, ou seja, no mesmo mês do beliz. Talvez fosse o beliz.

Portanto, ao falar ao conselho, Leonora afirmou, sem temer, que não sabia a razão daquilo, que engravidou do marido, com quem vivia na maior das felicidades possíveis.

E foi então que o jogral teve que intervir.

— Não é verdade. Em agosto... Eu estava sozinho, no *moussem* de Lugo. Leonora não me acompanhou. Estava adoentada e ficou em Castro.

A mulher, depois de um instante de estupor, olhou com fúria para o marido e disse:

— Mas não o mês inteiro.

Ao que ele retrucou:

— Não sei se é meu filho.

— Já te dei dois filhos.

— Desconfio de que não seja pai de um deles, talvez dos dois.

— O filho é teu — gritou ela.

O homem do papelo a questionou cruelmente:

— Entonces, não é verdade que costumas trair teu marido?

Ela deixou o queixo cair e, depois, gritou que quis poupá-lo da má notícia, mas que fora violada por um bordegão que, tomado por louco amor, a perseguia e, quando percebeu que o marido estava fora, entrou na casa e...

E Leonora chorou copiosamente.

Mas não comoveu a assistência.

Por fim, desconsolada e ofendida, confessou:

— Eu traio meu marido. Mas o filho que trago no ventre é dele. Foi feito quando ele voltou de Lugo e me trouxe um ramalhete de milefólio. Ele sempre me traz presentes.

— E a senhora o trai. Como sabes que o filho é dele e não de um dos teus amantes fortuitos?

— Eu o amo e sei que o filho é dele.

— Por que o trais então?

— Eu gosto de rapazes...

Elesbão baixou a cabeça.

— Continua.

— Gosto de rapazes inocentes ou bisonhos, gosto de ver a confusão que eles sentem diante de uma mulher. Sinto-me poderosa. Eles, às vezes, se melam antes de conseguir. Muitas vezes, peço que eles se esfreguem nas minhas coxas. Tenho coxas roliças.

— Apenas nas coxas?

— Ou no vaso traseiro. Para que queres saber? O filho é dele. É do meu marido. Elesbão, diz alguma coisa! Defende-me.

— Eu a roubei de um ichacorvos, em uma casa de putaria. Não sei se o filho é meu. Mas a amo e vou amá-la sempre. Não importa com quantos rapazes ela tenha fodido, é a mulher mais doce do mundo.

Houve risos abafados.

A mulher caiu em um pranto profundo e foi retirada da sala do conselho, depois, conduzida para o castelo do Bulhofre.

Envergonhado, com voz embargada, Elesbão pediu para, assim que fossem ouvidas as outras duas mulheres, sair à procura do cavaleiro.

A maioria dos aconselhadores concordou.

XXIII

Ieramá navegava pelo mar Cantábrico o navio em que viajava, de Lisboa para a Gasconha, a irmã Joana do Amor

Divino, que foi resgatada, mais morta que viva, por pescadores, que igualmente quase deram adeus ao mundo.

Mas, como não deram adeus, levaram-na para o pequeno povoado em que viviam e de lá para Santiago de Compostela, de onde, alguns meses depois, o arcediago Macedônio Ugarte a levou para Castro. Lá a irmã pôde demonstrar possuir muitas das virtudes cristãs e zelo apostólico pouco comum, que algumas vezes a levava a se deixar tomar pela ira, assim como Jesus ao expulsar os vendilhões do templo.

A irmã, desde que chegou, morava com o arcediago, mas as más-línguas nunca tiveram motivo para duvidar de que o velho e, por vezes, colérico sacerdote quebrasse o voto de castidade.

Isso até a irmã engordar muito, especialmente na cintura.

Mas, mesmo antes de ser levada ao conselho, dizia com olhar beatífico e mãos que acariciavam o ventre em um quase delíquio, que fora fecundada pelo Espírito Santo, mas que não sabia a razão daquela dádiva.

Ao ouvir aquilo, o arcediago, sempre tão positivo, não achou o que fazer, mas, como ela confirmou mais de uma vez que o menino — pois dizia saber que era um menino — nasceria em maio, ele a levou ao conselho.

Ouvida, ela contou a mesma história, que, certa noite de agosto, fora alumiada ao entardecer por um fulgor beatífico e no mesmo instante sentiu que Deus faria dela mãe, não de um novo Cristo, claro — interrompeu-se por um instante, confusa, para em seguida completar, radiante, como se tivesse tido outra iluminação —, mas de um novo santo, que ela agora, naquele instante sabia, impediria o beliz de despertar o mal.

E disse aquilo com tamanho enlevo que muitos conselheiros quiseram acreditar, mas a verdade é que ninguém acreditou e, quando a história se espalhou pelas rodas de conversa de Castro, o arcediago foi motivo de *bromas* pesadas, o Espírito Santo foi muito ofendido e, portanto, o nome de Deus, conspurcado.

De qualquer modo, ela seguiu para o castelo do Bulhofre, onde, sempre *muy* gravisca, não se misturava com as outras mulheres e era igualmente desprezada por elas.

XXIV

Ramona era louca. Era louca e ninguém sabe como chegou a Castro, talvez tenha sido deixada na cidade durante algum *moussem*. O certo é que ainda menina começou a perambular pelas ruas e a dormir nos mercados.

Foi sempre muito peliôa e xingava como um soldado bêbado; ainda assim, antes mesmo de ganhar corpo, já era caçada por rapazes famintos por xarifa, que a amarravam e, em rodízio, satisfaziam-se no corpo dela, não raro, por quase uma noite inteira.

As perrarias de que ela era alvo levaram-na a ser defendida pelas autoridades religiosas e pelas mulheres públicas que perdiam fregueses. Mas foi quando a velha *moqqadema* lhe tomou as dores que as perseguições diminuíram, porém nunca cessaram de todo, porque, embora louca, Ramona era bem mais atraente que muitas putas esfarrapadas que apareciam pelas noites de Castro.

A cada dia mais atraente, pois cresceu bastante.

Ficou mais alta que muitos homens. E, talvez por tanto andar e correr, desenvolveu pernas fortes que saias longas escondiam, mas a cintura fina, as ancas abauladas e os seios roliços ela não conseguia disfarçar, mesmo vestindo muitos panos. A razão de vestir-se a modo de cebola lhe ocorreu para que tivesse tempo de gritar antes que os malvados a pudessem possuir. Muitas vezes deu certo porque a louca gritava como uma porca esfaqueada e batia e cuspia e arranhava e mordia.

Foi ela a responsável por levar o próspero comerciante Adrião Ibarra a deixar Castro, porque, atacada por ele, conseguiu mordê-lo com tanta fúria que lhe arrancou a orelha direita.

E quando os vagabundos do mercado viram a orelha em uma viela que dava para a Praça dos Quinze Mistérios, bastou buscar o homem sem orelha — que, para surpresa de quase todos, era o santarrão vindo de Pamplona — para que ele reunisse os mijados e partisse de cabeça baixa.

Porém, teve mais sorte que o soldado castelhano de quem ela conseguiu arrancar os colhões com a mão.

O homem sangrou até morrer e os rapazes deixaram de importuná-la, mas alguns homens-feitos e com alguma fazenda e não apenas vagabundos, às vezes, não conseguiam resistir àquela mulher opulenta que vivia indefesa pelas ruas.

É verdade que houve até estrangeiros que, depois de visitar a cidade, quiseram levá-la embora, mas os homens de Castro não deixaram, pois, disseram, era a louca mais querida da cidade.

Quando engravidou tinha, mais ou menos, trinta anos, pois ninguém sabia ao certo com que idade contava, porém parecia mais bela, quer dizer, bela não é a palavra. Era atraente, embora não fosse de nenhum modo elegante e andasse de maneira muito desengonçada, mas bela não era: dentuça, com os olhos grandes demais e o cabelo desgrenhado, não era bela, mas alguma coisa naquela imperfeição de traços enfeitiçava.

Ainda mais porque Ramona não babava e tinha uma vozinha de menina medorosa e expressão eternamente assustada, que a alguns suscitava o desejo de protegê-la e a muitos outros de maltratá-la.

E como as mulheres calcularam que, pelo tamanho da barriga, ela iria dar à luz em maio, a louca, que amava o jogral Elesbão Saltador, de quem se aproximava como um carneirinho manso para comer amêndoas que tinham como prato a palma da mão do maior cabrão de Castro, ele a conduziu ao conselho. Lá ela foi interrogada pelo homem do papelo, mas não pareceu compreender o que lhe fora perguntado e, pior, parecia não saber que estava grávida, pois dava ares de estranhar a barriga cheia, que às vezes esmurrava, para grande apreensão de quem via.

E se não sabia que estava grávida, como saber quem era o pai?

De qualquer forma, foi recolhida ao castelo do Bulhofre, mas gritou tanto pelo caminho que tiveram que chamar a nova *moqqadema*, uma vez que Elesbão se recusou a convencê-la de qualquer coisa.

XXV

Depois de se informar sobre a situação das mulheres, dos habitadores de Castro e de tantas outras coisas contidas nos livros, embora não de tudo, porque os papéis estavam escritos em várias línguas diferentes e ler consome muito tempo, o cavaleiro mandou chamar o homem do papelo.

— Eu sei quem é a mãe do beliz.
— Quem é?
— A louca.
— Por quê?
— Porque é a única a quem a cidade deve e que não deve nada à cidade. É a única sem pecado.

— Mas por que a mãe do beliz não pode ser a maior de todas as pecadoras?

— Porque seria muito óbvio e aposto que de todas as outras é possível descobrir que não tiveram comércio com o diabo.

— Pardeus, não consta no papel que o pai do beliz seja o diabo. Pode ser um homem possuído, endemoninhado.

— Por que me chamaram aqui?

— Para matar o beliz.

— Eu já disse que a mãe do beliz, que eu me comprometo a conduzir para fora de Castro, é a louca.

— Como tens certeza?

— Não tenho certeza, mas intuo que seja assim.

— Não é suficiente.

— Como assim?

— É preciso convencer o conselho. Prova que as quatro que se dizem castas estão mentindo, e talvez tenhas uma chance.

— O que acontecerá se Xostra, quer dizer, eu, não conseguir convencer o conselho que a louca ou qualquer outra é a mãe do beliz?

— Ainda não leste? Precisas ler mais.

— Não preciso, quero ouvir de tua boca.

— Não é necessário.

— Eu li o que Xostra pode fazer quando o guardião dos papéis não faz bem o seu trabalho.

— Xostra é o rei de Castro enquanto está em trabalho para matar o beliz e tem poder de vida e morte sobre todos os súditos.

— Mandarei matar-te.

— Se Xostra não conseguir convencer o conselho de que é capaz de matar o beliz ou de evitar o mal, não é Xostra e, portanto, pode ser imolado para sossegar a criatura.

— Diz-me, Roderico, é mais frequente Xostra evitar o mal ou ser morto pela gentil população de Castro?

— Nunca contei, mas acredito que a segunda hipótese seja mais comum.

Jimeno sorriu e disse:

— Posso sair do castelo?

— Não, creio que já te informei que não, mas podes chamar qualquer pessoa ao castelo e serás prontamente atendido, até resolver reunir o conselho.

— E de quanto tempo disponho?

— Até que a primeira mulher dê à luz, mas é prudente reunir o conselho antes que isso aconteça e partir com a mãe do beliz ainda grávida, caso essa seja tua decisão e o conselho concorde.

— Qual seria a solução ideal para o conselho?

— Que matasses as sete mulheres a uma légua ao sul de Castro.

— Mas, se o conselho concordar que eu leve a mãe do beliz comigo, podes me fazer voltar?

— Não.

— E se eu estiver errado ou não matar o beliz?

— Entonces, se ainda estiverem vivos quando descobrirem, os conselheiros é que devem ser mortos. Se não estiverem, a descendência deles deve ser expulsa de Castro.

— Muito bem, quero falar com Urraca, com a *moqqadema*, que está tão presente nos livros, e com a coscuvilheira que te ajudou a descobrir as pecadoras de Castro; mas fica sabedor de que não sou Cristo para me fazer catarma de má gente.

XXVI

A *laarifa* mais impertinente de Castro, alcunhada de Severina Mil Olhos ou Severina das Línguas, desde que se entendia por gente servia ao arcediago. Era uma mulherzinha magra, que se vestia muito discretamente, que prendia os cabelos lambidos e cuja boca, quase sem lábios, trabalhava demais, assim como os olhinhos maus e bastante redondos enxergavam até no escuro.

Severina tinha uma expressão entre rato e coruja, era uma extraordinária julgadora de caracteres e tinha faro para descobrir as fraquezas alheias, mas o cavaleiro, quando a viu diante de si, não deu tempo para que ela fizesse nenhum julgamento:

— Quem é o pai do filho da freira?

— Ela diz que é o Espírito Santo. Quem sou eu para julgar...

— Eu perguntei quem é o pai do filho da cadela.

— Não sei.

— Sabe. Quem é?

E Jimeno levantou-se como se fosse esmurrá-la. Ela, então, gritou:

— O arcediago, é o arcediago. Não é a primeira vez, ele até tem um filho, que hoje é homem-feito e mora em Santiago de Compostela. É filho de uma almuinheira...

Mas Jimeno não deu ouvidos a ela. Fez sinal para os de língua cortada e disse:

— Levai Severina para onde me levaram quando eu cheguei ao castelo. Deixai o tempo suficiente, depois a arrastai para diante de mim.

Ela, muita assustada, começou a gritar.

Três quartos de hora depois, os de língua cortada a jogaram diante do cavaleiro, que se levantou e gritou enquanto ela se debatia em uma poça de fluidos malcheirosos.

— Se mentires para mim outra vez... mando deixar-te diante da criatura até que morra.

— Perdão.

— Quem é o pai do filho da freira?

— É o meu finado filho. E o arcediago nada fez. Eu contei a ele, e ele nada fez.

— Teu filho, segundo os papéis, só tinha treze anos.

— Mas já era homem. Era muito bonito. A cadelinha que não sabia o que era homem não resistiu e o enfeitiçou. Depois, o rejeitou. Ele enlouqueceu. Era virgem. Não se faz isso com um menino de treze anos. Ele perdeu o juízo. Morreu. Matou-se. Eu o encontrei com a linguinha de fora. Ela matou o meu menino. É tão má que só não digo que é a mãe do beliz porque meu filho era bom. Não era um endemoninhado.

— Mesmo sendo teu filho?

— Meu filho era melhor do que eu.

— Teu filho foi enterrado no cemitério ao lado da igreja. Ninguém soube que era um suicidário.

— Fiz o arcediago enterrá-lo no campo santo, senão faria que todos soubessem sobre o filho dele.

— Qual o nome do filho dele?

— Anrique, é artejano em Santiago.

— Como sabes disso?

— Minha mãe me contou.

Jimeno calou-se por algum tempo e, depois, ordenou:

— Levanta-te.

— Não consigo.

O cavaleiro fez sinal para os de língua cortada, que a levantaram. E então falou a um palmo do rosto fedido da mulher.

— Quero que descubras quem é o pai do filho da menina.
— Pensas que já não tentei?
— Fala com as crianças. Se precisar de dinheiro ou de pancada, me procura.

E dando a conversa por encerrada, disse aos de língua cortada:

— Levai Severina até o homem do papelo, que saberá cuidar dela.

— Obrigada, obrigada. Bonora Deus te trouxe aqui para nos libertar — ela ainda gritou.

XXVII

Urraca sentou diante dele e sorriu como um idiota.
— Como vai a vida, Urraca?
— Melhor impossível, meu bom cavaleiro. Ando da comilança para a putaria, da putaria para a tavolagem, da tavolagem para a comilança, da comilança para a putaria. É quase o paraíso. Levaram-me até para conhecer uma puta velha que me ordenhou como se eu fosse uma vaca.
— E eu aqui.
— Pois é, mesmo assim, meu bom cavaleiro... Creio, e não me parece que erro, que caímos em uma podraga. Sou seguido por todos os lugares. Todos querem saber que homem é o cavaleiro.
— Se eu não convencer o conselho de que uma das sete mulheres é a mãe do beliz... Morro, morremos. Quer dizer, se eu disser que tal mulher é a mãe do beliz e o conselho não concordar... Morro, morremos.
— O povo está em dúvida entre a menina e a freira, só faltam apostar; porém, em minha opinião, é a louca.
— Por quê?

— Porque a maltratavam muito. Até os judeus a maltratavam.

— E há muitos judeus em Castro?

— Sei que isso não é novidade completa, mas Pascácio Ibarra, o estalajadeiro, me disse que um antigo alcaide ou coisa que o valha, antes de receber o rei das Astúrias, mandou pôr abaixo a mesquita e a sinagoga. Decretou que, daquele momento em diante, agarenos e judeus não seriam mais aceitos em Castro.

— Muitos se converteram?

— Muitos. Os mais renitentes foram reunidos na Praça dos Quinze Mistérios e, quando pensaram que seriam expulsos, foram batizados à força. Os maometanos dizem que nunca se viu tanta água de bacalhau. Em seguida, os rabinos, mulas, *sheiks* foram chamados ao palácio e foi dito a eles pelo próprio alcaide que da porta para dentro ele não se importava com a crença de ninguém.

— E é assim até hoje?

— É. Há até casamentos entre noivos que seguem leis diferentes. Mas é proibido que alguém seja chamado de Mohamed, Samuel ou Jacó.

— E por que chamam a *moqqadema* de Nafisa?

— Ora, porque é a *moqqadema*. Mas o nome de batismo deve ser outro.

— Quem te acompanha?

— Ignácio Barbão, quase sempre, e os Cunhões, mas, vez ou outra, consigo escapar.

— Entonces, tens caçado?

— Tenho, há muitas golpellas e lebres nos arredores da cidade.

— Por que não me trouxeste carne de lebre?

— Não me ocorreu trazer.

— Urraca, preciso saber do arcediago. O que dizem do arcediago?
— Que é homem irascível e pouco tolerante, mas crente.
— Se acaso falares com ele, conta a história de um artejano qualquer.
— Por quê?
— Depois te contarei. Tens dinheiro?
— Não preciso, todos me dão o que peço.
— Preciso de cinco burros para quando deixar a cidade.
— Cinco?
— É, e tudo o que for necessário para uma longa viagem. Vai preparando. Tudo deve estar pronto na primeira semana de maio. Faz isso ostensivamente, à vista de todos. E ainda procura saber quem são os servos de Dom Benigno Otero Cepeda.

E, sem mais nada a dizer, Jimeno dispensou Urraca, enquanto a *moqqadema* aguardava, impaciente.

XXVIII

Era uma mulher jovem, certamente jovem, talvez muito jovem, mas não era uma mocinha. O que se via da pele era muito branca e os lábios, de ceriza madura. Os olhos castanhos e o nariz arrebitado, mais de judia que de moura. O que se via do cabelo era negro, mas não foi por isso que o cavaleiro quis ver mais.

Ela, assim que ficou diante de Jimeno, o saudou, sorriu e fez uma reverência, uma mesura tão delicada e graciosa que faria derreter o coração de qualquer homem. Mas o cavaleiro a ignorou e fez sinal aos de língua cortada, que a seguraram:

— Dispais a *moqqadema*.
— Por quem me tomas?

Porém, não adiantou protestar; em poucos minutos a temida *moqqadema* de Castro estava nua e calma. Os de língua cortada se afastaram sem reação.

— Cortaram não apenas a língua deles. E enxergam melhor no escuro — disse a mulher.

— Li sobre a tua beleza.

— Estás satisfeito. Posso vestir-me ou vais violar-me? Talvez não possas?

— Posso, mas não como desejaria.

— Posso vestir-me?

— Não. A partir de hoje deves circular nua dentro dos muros de Castro. Te vista apenas quando estiver em casa.

— Por quem me tomas?

— Por uma estriga.

— Mas o que quer dizer isso?

— Adivinha. Não é teu ofício?

— Não me importo em andar despida.

— Importa-te, sim, mas é necessário e prepara-te que esse não será o único sacrifício que terás que fazer. E quando tudo acabar, abandonarás Castro comigo, Urraca, a mãe do beliz e o próprio beliz.

— Quem é a mãe do beliz?

— Diz-me.

— A louca.

— Sim, é a louca, mas eu preciso convencer o conselho de que de fato é a louca, senão viro comida de dragão.

— E por isso eu andarei nua?

— Nua e bela.

— Não vou matar o beliz.

— Não quero que mates o beliz. Vem visitar-me dia sim, dia não.

Ela foi embora, e o cavaleiro sentiu pena por não ser inteiro.

XXIX

As histórias assombrosas a respeito de Castro, embora negadas com gracejo pelos habitadores da cidade, levavam a que muitos curiosos, aventureiros e loucos a visitassem.

Por isso, ninguém deu muita atenção quando um velho cavaleiro montado em um magnífico cavalo, acompanhado por um escudeiro famélico que o seguia a pé, guiando uma mula, pediu para entrar em Castro, mesmo ostensivamente armado.

Quando inquiridos sobre o que iriam fazer na cidade, o cavaleiro respondeu que viera matar o dragão e mesmo assim puderam entrar.

Os dois não tiveram dificuldades para descobrir a hospedaria da viúva do tripeiro, onde se aposentaram. O cavaleiro logo se informou de como requerer uma audiência às autoridades, o que fez no mesmo dia. Pensava ele que seria logo recebido, mas não foi.

E, sem saber o que fazer, ofendido e confuso, não saiu da pensão durante uma semana. Quando finalmente resolveu rever o sol, deu de cara com uma bela mulher nua que circulava pelas ruas da cidade.

À noite resolveu se embebedar. A viúva indicou-lhe a tasca do Bordegão, onde o velho pagou adiantado uma grande soma e, por isso, logo foi arrodeado por bebedores de poucos recursos e inveterados comilões, a quem deu mostras de generosidade.

O cavaleiro, que disse chamar-se Afonso Malacheverria de Burgos, falou muito e bebeu muito, mas não se embriagou, enquanto o escudeiro, João Magro, que trazia consigo uma grande escarcela de couro, comeu como se não tivesse comido desde que desmamou e só confirmava com acenos e monossílabos o que o velho falava.

O velho era um homem estranho, forte em demasia para a idade, mas cujo rosto enrugado estava coberto por cicatrizes. O cabelo em desalinho parecia ter sido urdido por uma aranha. Os olhos azuis não pareciam doentes e não era necessário ser mulher para ter ciência de que ele fora belo.

Apesar de ter Burgos no sobrenome, disse ter nascido em Escalona e ter dado a volta ao mundo, onde viveu entre perigos, saindo de todos vencedor.

A acreditar-se nele, matara milhares de mouros e bárbaros, conhecera o país de Preste João, o Império de Constantinopla e dezenas de canatos. Visitara, compungido, a Casa Santa e a Casa de Mafamede e matara dragões. Disse ser o maior matador de dragões que já existiu.

Matara quatro dragões e assegurou que só morreria quando desse fim ao sétimo.

Ao lhe perguntarem como sabia o futuro, fez ar de mistério. Mas, ao ser inquirido sobre onde matara os quatro monstros, não se fez de rogado e disse que o primeiro fora em um grande deserto, o segundo em uma ilha, o terceiro, às margens de um grande lago, que se encontrava congelado, e, o mais recente, em uma charneca medonha.

E quando quiseram saber mais detalhadamente perto de que lugar conhecido ficavam o deserto, a ilha, o lago e a charneca, respondeu que no mundo sublunar. E, para que não o tomassem por mentiroso, mandou que o escudeiro exibisse o tesouro.

João Magro parou de comer. Limpou as mãos engorduradas com a cinza do pote que o Bordegão colocava em cima das mesas para aquele mister tão negligenciado pelos fregueses; abriu a escarcela e dela retirou um fruto do tamanho de uma cabeça de homem. Os mais atentos, no entanto, logo perceberam que não era um fruto, mas um olho de pupilas satânicas de réptil. O olho do dragão, que o escudeiro passou para o cavaleiro, o qual por sua vez o exibiu a toda a gente da taverna, prontamente aglomerada para ver, e depois permitiu que os que lhe prestaram atenção desde o início o segurassem.

Mas, para não gastar encantamento, não demorou em mandar o escudeiro guardar o olho do dragão e confessou que ocultava em lugar seguro muitos outros tesouros como aquele.

Por fim, despediu-se e foi para a hospedaria, feliz.

Quem sabe, depois daquela exibição, seria recebido pelo conselho da cidade.

Mal sabia ele que os habitadores de Castro não se impressionavam com qualquer coisa.

XXX

Urraca nunca vivera com tamanho conforto, uma vez que se encontrava hospedado na casa de dona Ximena e era servido pelos criados da viúva, que se achava compulsoriamente no castelo do Bulhofre. Mas a verdade é que passava pouco tempo em "casa", onde só era, de ordinário, procurado por Ignácio Barbão, pelos Cunhões ou por Elesbão Saltador. Por isso estranhou quando a criada veio dizer que a bruxa queria lhe falar.

Ele permitiu que a jovem mulher entrasse e deixou o queixo cair ao vê-la. Nafisa, depois que se apresentou, pediu que Urraca lhe emprestasse uma túnica. Ele chamou a criada, que foi buscar uma capa da senhora, conquanto de má vontade.

Ela se cobriu e se acomodou. Urraca disse:
— Tua beleza é o que mais se comenta pela cidade.
— Não se fala mais do beliz?
— Não mais que da tua beleza. Mas é costume estranho andar nua e vestir-se em casa.
— São ordens do teu cavaleiro.
— Ah, ele deve ter suas razões, que desconheço.
— Ele me falou que deixará a cidade comigo, contigo e com a mãe do beliz.
— Por isso me pediu para preparar cinco burros.
— Quem é a mãe do beliz?
— A louca.
— Por quê? Por que não a puta? Se Cristo é filho de uma virgem, o filho do diabo deve ser filho de uma puta.

Urraca surpreendeu-se com o mal ladrado de Nafisa e respondeu:
— Isso não são modos de uma mulher bonita falar, mas, mesmo assim, vou responder. A mãe do beliz é a louca porque nem o diabo quer ser filho da puta.

E o escudeiro riu sozinho do que falou, descontrolou-se de tanto rir, para depois completar:
— Mas tu não és moura? O que sabes de Cristo?
— E o cavaleiro é cristão?
— O cavaleiro é o cavaleiro.
— Como ele vai convencer o conselho de que a louca é a mãe do beliz?
— Ele sabe o que faz. Nunca matou dragões, mas sabe o que faz. Não morreu até hoje.
— É um grande alívio.
— Se ele não convencer o conselho, quem o fará morrer?
— Nesse caso, ele deve morrer pelas mãos de uma mulher.
— Suponho que essa mulher seja a *moqqadema*. Isto é, tu.

— Eu.

— E o escudeiro?

— Deve ter o mesmo destino e pelas mãos da mesma mulher.

— Mas eu tenho família, quero casar e ter filhos com uma mulherzinha bonita. Quer dizer, não precisa ser tão bonita quanto a *moqqadema* de Castro... Os condenados têm direito a um último desejo?

— Não. Mas não quero sacrificar ninguém.

Urraca então falou como se falasse para si:

— É muito estranho. Nesses tempos funestos, que muitos julgam os últimos, um cavaleiro que não quer matar ninguém e uma bruxa que não gosta de feitiço.

— Até que não és tão burro quanto aparentas.

— Assim me ofendes. Sou burro, sim, muito burro, burríssimo. No dia que achar que sei de alguma coisa, estarei perdido.

— Se é assim, és burro.

— Burro perfeito, mas seremos felizes. Tu não queres me matar, eu não quero morrer... Castro é o paraíso. Mesmo assim, não me disseste por que vieste me procurar.

— Para conhecer o escudeiro do homem que vai matar o dragão. Tu és espionado.

— Eu sei. Mas ninguém mata o burro, mata-se o cavalo.

— A louca vai morrer.

— Por que não disseste ao cavaleiro?

— Porque um homem que tem certeza é muito burro.

— Mas, se a louca vai morrer, isto é, se vai morrer antes de maio, não é a mãe do beliz.

— A louca é a mãe do beliz, sim.

— Se é como dizes, sinto muito, mas há algo errado e creio que é contigo.

— Comigo?
— Sim, isso de andar nua anda te fazendo mal, pois não enxergas o óbvio.
— Não enxergo mesmo. Explica-me.
— Estás confundindo um burro com um cavalo. Alguém que enlouquece é louco?
— É.
— Ramona nasceu louca. Mas e as outras seis mulheres, nenhuma delas enlouqueceu?
— Talvez a freira tenha enlouquecido. Se de fato acredita que engravidou do Espírito Santo, enlouqueceu. É louca.
— Pois é.
— Se enlouqueceu, podemos espalhar a história que, segundo o cavaleiro, ela vai morrer, o que fará com que o povo fique ao lado dele.
— Quanto a isso eu não sei, mas se a freira não morrer passarei a temer muito essa tua mãozinha.

A *moqqadema* sorriu e deu-se por satisfeita com a conversa, desvestiu-se e despediu-se, mas, quando se encaminhava para a porta, Urraca falou:

— Deixa-me acompanhar-te até em casa. Em Cacha Pregos, onde nasci, não se deixa uma mulher andar desacompanhada pelo meio da rua.
— Uma *moqqadema* não tem muito a temer.
— Nunca se sabe.

Ela sorriu.

XXXI

Elesbão Saltador, ninguém sabe se de moto próprio ou por deliberação do conselho, foi visitar Afonso Malacheverria de Burgos, o cavaleiro que chegou à cidade e exibiu, na tasca do Bordegão, um inacreditável troféu.

Apresentou-se como jogral e não escondeu que fora visitá-lo na intenção de ver o olho do dragão e conhecer a narrativa da captura do monstro, que poderia recontar usando os recursos de sua arte, de que deu provas.

O cavaleiro, sob as vistas de João Magro, mostrou o objeto a Elesbão. O objeto poderia ser mesmo o olho de um dragão, até porque Saltador nunca vira o olho de um dragão de verdade para ter condições de diferenciar um verdadeiro de uma falsificação.

Sobre a narrativa da captura do monstro, o cavaleiro não a contou em detalhes e procurou se inteirar do dragão de Castro, famoso em toda a Ibéria e fora dela.

Elesbão contou que não era um dragão, mas que poderia ser um dragão. Falou também sobre as mulheres e o beliz. O matador, muito impressionado, perguntou quem era o cavaleiro que chegara antes dele.

— Jimeno Garcia de Zamora.

— O mesmo que foi companheiro do Farroupim e de Ahmed Ibn Qasi?

— O mesmo.

— O mesmo que viveu sete meses em estado de graça e cuja barba floriu por ação do Espírito Santo?

— O mesmo.

— Gostaria de conhecê-lo para oferecer ajuda.

— Quem sabe ele não te chame ao castelo.

— Ele sabe da minha presença?

— Ele é informado de tudo quanto se passa na cidade. É, por ora, o rei de Castro.

— Compreendo.

— Não queria ter as grandes responsabilidades que ele tem.

— Daria metade do que resta da minha vida para tê-la.

— Entonces, quem é a mãe do beliz?

— A freira. Caso não descubram que engravidou de algum mau cristão, a freira, pois o demônio gosta de esparzir joio no campo semeado de trigo.

— É matéria de grande responsabilidade salvar uma cidade do mal.

— Sem dúvida, nunca vi oportunidade de glória maior para um cavaleiro.

— Nem nos países que ficam no fim do mundo?

— Não. Vi dragões, homens que têm o rosto no ventre, mulheres que guerreiam e até uma cidade, dos hiperbóreos, onde chove animais parecidos com gafanhotos.

— Também já andei por muitas terras, porém o maior prodígio que já vi foi um homem feliz.

— Onde?

— Aqui mesmo, na Ibéria. Era um muridino que escapou do massacre de Silves.

— O cavaleiro? Ouvi falar que Jimeno Garcia de Zamora é um muridino.

— Se é, não sei, mas não parece um homem feliz. Falo de um muridino que não me disse o nome e que cruzava a Ibéria em direção ao norte, com um burro, enquanto eu seguia para o sul. Encontramo-nos e fizemos apenas uma refeição na companhia um do outro, mas não me esqueço dele, era um homem sem preocupações. Era um homem feliz.

— E o que ele lhe disse de formidável?

— Nada, mas era feliz. Nunca vi milagre maior. Já vi um punhado de homens derrotarem uma centena. Já vi mulheres tão belas que ofuscavam o sol, crianças que eram imagens de Deus e uma chuva de estrelas cadentes, mas um homem feliz foi apenas esse.

— Nunca vi um homem feliz.

— É pena. É algo que não se esquece. É mais difícil que matar um dragão ou enganar o diabo.

— Sim, eu matei quatro dragões e nunca vi um homem feliz.

E, dito isso, a conversa estava encerrada, embora os homens tenham trocado amenidades antes de se despedirem formalmente.

XXXII

A *laarifa* foi se imiscuindo na família do moleiro e de toda a gente que se relacionava com ele, mas não conseguiu muita coisa, as pessoas estavam difíceis de serem "conversadas". Razão pela qual, na rua onde mora o moleiro, a coscuvilheira caiu em prantos de saudades do filho e de medo de ficar sozinha. Fez uma encenação tão comovente que passou pela cabeça de muitas pessoas a ideia de que ela não era assim tão má.

O desespero a impediu de levantar da cama por toda a semana seguinte, quer dizer, ela podia correr até o mar Cantábrico, pois tudo fizera por medo de Jimeno Garcia de Zamora; mas, como foi convincente, conseguiu o que queria com a comédia: atenção e estima. Por isso, conseguiu pedir a muita gente que levasse a ela as criancinhas; e várias mães, por piedade e para alegrá-la, aquiesceram, inclusive Damiana, que levou até ela Clarita, a prima querida da mais jovem das mulheres pejadas de Castro.

A *laarifa* sempre soube o que fazer e não seria na hora em que estava com a vida por um fio que iria deslembrar.

Ao contrário, quem parecia perder a cabeça era o bailio Tello Menéndez, que, mesmo sem ser convidado, passou a visitar Urraca para se lembrar da amiga que estava no castelo do Bulhofre.

Urraca gostava da companhia dele e a recíproca era verdadeira. Conversavam sobre tudo: a beleza das mulheres, a variedade dos caracteres humanos, a cavalaria espiritual, os tipos de aves, as artes da teurgia e da goécia, a razão pela qual os judeus circuncidam os meninos e são tão odiados por cristãos e mouros, a origem do mundo e a doença que matou as galinhas do arcediago.

Tello Menéndez era um homem culto, estudou na famosa madraça de Al Quaraouiyine e ainda nas escolas de Bolonha e Palência. Estava escrevendo um livro de exemplos e traduzindo pensadores gregos para o latim, por meio do árabe, cuja escrita dominava inteiramente.

Certo dia, chegou muito afobado à casa da viúva e pediu a Urraca que intercedesse junto ao cavaleiro para que pudesse visitar a amiga.

Urraca, que não gostava de enganar ninguém, disse que achava impossível conseguir um encontro com a viúva, mas que poderia pedir a Jimeno que o recebesse. Assim, o próprio Tello poderia fazer o pedido. Por fim, perguntou se ele não achava que a viúva era a mãe do beliz.

— Não creio. Penso que a mãe do beliz é a freira porque o diabo é o macaco de Deus. E, como Cristo nasceu de uma virgem, o diabo não se sentiria mal se o filho dele nascesse de uma freira, ou seja, de uma esposa de Cristo, porcaria muito ao gosto do amaldiçoado.

— É bem refletido. Não foi à toa que estiveste estudando. O demônio é muito safado e, violando uma freira, uma esposa de Cristo, faria do Salvador do Mundo um cabrão.

Tello Menéndez riu, constrangido, e Urraca continuou:

— Mas, para mim, a mãe do beliz é a louca, que a cidade fez de judeu errante e que agora a cidade inteira teme.

XXXIII

Muitas vezes, Deus é incompreensível para seus filhos, mas o cavaleiro não era Deus, portanto, quando a bela *moqqadema* foi avisar ao rei que não poderia mais caminhar nua pela cidade porque passaria os próximos dias "incomodada", Jimeno respondeu:

— Ora, mas era isso que eu estava esperando. Tu não apenas continuarás a caminhar nua pelas ruas de Castro, sem usar nada que impeça o fluxo de sangue de correr, como farás uma visita aos mouros na sexta-feira, aos judeus no sábado e aos cristãos no domingo, e não diz que não entendeste.

— Vão matar-me.

— Não vão. Quero saber até onde vai minha autoridade. Até onde vão levar adiante a farsa.

— E vais fazer isso às minhas custas?

— Vou, mas há alternativa.

— Qual?

— Morrer hoje mesmo.

A *moqqadema* olhou para o cavaleiro com uma expressão feroz.

Na sexta-feira, já incomodada, foi até o local de culto dos mouros. A pequena mesquita oculta no palacete de Almir de Jérica, o negociante mais rico de Castro.

Todos a olharam com ódio e muitos com nojo, mas ela não foi espancada.

No dia seguinte, não teve a mesma sorte, apanhou quando gotejava sangue na sinagoga escondida por trás da loja de Melchior Gallo. Porém, escapou da morte quando mestre Gamaliel, cabalista malvisto pelos próprios judeus mas respeitado e temido na mesma proporção, entrou no templo e impediu que ela fosse ainda mais maltratada, embora alguns marranos não contivessem expressões de ira enquanto durou o ofício, depois do qual o bruxo a levou em casa, mas sem tocá-la nem dirigir a ela uma palavra sequer.

No dia seguinte, corria pela cidade a notícia de que a *moqqadema* entraria sangrando na missa, e por pouco a coscuvilheira não levantou da cama para ver o que acontecia e para conferir se o arcediago a espancaria muito ou pouco, como fizera Jesus com os vendilhões do templo.

Mas a verdade é que não achava que a estriga tivesse essa coragem.

Estava enganada, Nafisa foi.

Entrou e sentou-se no último banco.

Urraca estava por perto, mas não fez nada.

Muitos a xingavam e uma mulher cuspiu nela e puxou-lhe os belos cabelos. O arcediago fingiu que não a viu e, quando a missa terminou, algumas matronas saíram correndo para espancá-la do lado de fora da igreja, mas alguns homens gritaram:

— É ordem do cavaleiro.

— É ordem de Xostra.

Enquanto isso, ela não parava de andar para o tugúrio em que vivia, mas sem apressar o passo.

Ao chegar em casa, chorou muito, dormiu enroscada como um mil-pés atacado e sonhou que trazia entre as pernas uma xarifa monstruosa, que mais parecia uma couve tronchuda, de onde saíam gusanos que criavam asas e atacavam os habitadores da cidade, que morriam podres.

Acordou muito cedo e sentiu-se em total desamparo, pois não era bem-vista por ninguém. Ficara órfã ainda na primeira infância e sua única irmã fora proibida pelo marido de visitá-la. A antiga *moqqadema*, que a "adotou", não era nem um pouco gentil e, mesmo morta, ainda a perturbava por meio de sonhos ruins.

Não tinha nenhuma afeição sincera e, talvez por isso, tenha ido procurar Urraca na casa da viúva. Antes, porém, banhou-se demoradamente.

O fluxo de sangue havia cessado. Bebeu água, comeu uma pera, vestiu-se e saiu.

Ao chegar à casa da viúva, foi recebida por Urraca, mas, ao vê-lo comendo couve tronchuda, não pôde refrear o estômago e regurgitou ali mesmo o que quase não comera.

O vômito queimou-lhe a garganta.

Ela foi logo medicinada pelo escudeiro e pela gente da casa.

Quando se recuperou, Urraca disse:

— Não te falta coragem.

— Creio que agora não preciso mais andar despida.

— Falo de ter desafiado, em três dias, os crentes das três leis.

— Não foi coragem, foi medo.

— Foi coragem, uma *moqqadema* deve saber desaparecer quando quer.

Depois, o escudeiro não soube o que dizer e quedou-se em silêncio.

Ela compreendeu e disse:

— Eu precisava falar com alguém. Desde que fui reconhecida como *moqqadema*, todos me evitam, o que só piorou quando percebi um dos primeiros sinais de que o dragão poderia despertar.

— E qual foi o sinal?

— A migração de certas aves.

Urraca calou-se. Depois, continuou a conversa:

— Vou te pedir um favor.

— Não te procurar mais.
— Não, não é isso, eu preciso de uma bela mulher.
— Para fins desonestos?
— Dizem que as feiticeiras são grandes putas, mas não é isso.
— Entonces, o que é?
— O cavaleiro me mandou descobrir quem engravidou a bela Gasparina.
— Dizem que foi o pai dela.
— Ele acha que não, que foi alguém próximo a ela, mas não o pai.
— O pai a guardava como seu maior tesouro.
— Mas ela devia ter cavalariços, peitos largos, mestres. Algo assim. Ele desconfia de algum servo que pudesse pelo menos enxergá-la.
— E o que eu devo fazer?
— Andar pelo mesmo lugar em que ela foi fodida.
— Não vou andar nua.
— Não precisas, vendo-te vestida vão saber que a mão do cavaleiro não pesa mais sobre o teu corpo.
— Entonces, vão violar-me.
— Pois é. Mas eu, o grande caçador Urraca, estarei por perto e os Cunhões também.
— Continuo sem entender.
— Enviaremos todos aqueles que tentarem violar-te... violar-te, que palavra difícil de dizer... Enviaremos todos eles para que o cavaleiro os interrogue. Se algum deles estiver envolvido ou souber de alguma coisa sobre o ventre crescido de Gasparina, Jimeno vai descobrir.
— Mas isso é tentar pescar com as mãos.
— É como jogar, e quem joga tem uma chance de ganhar. Entendo muito de tafularia.

— Nesse caso, uma chance entre muitas.
— Mas ganhar é sempre possível para quem joga.
— Não sou assim tão bela.
— Não precisas ser, embora sejas.
— É arriscado.
Urraca não se conteve e riu muito.
— Por que estás rindo?
— Alguém que entra sangrando em uma sinagoga achar arriscado atrair um rapaz ou meia dúzia deles...
— E ainda tendo um escudeiro de braços curtos de tocaia...
— Não deboches. Sei como manejar uma espada e tenho tanta força que, na minha cidade, quando alguém precisava desempacar um burro era só me chamar, pois até os burros temiam minha força e, ao ver minha carantonha, iam logo marchando.
Nafisa riu e disse:
— Estou convencida. Avisa-me quando for necessário.

XXXIV

Naquela noite, como de costume, Afonso Malacheverria de Burgos e o escudeiro João Magro foram comer e beber na tasca do Bordegão. Um pouco mais tarde, Urraca e os Cunhões fizeram o mesmo.

Ao ser informado de que o escudeiro do homem escolhido para matar o dragão estava ali, a poucos passos de distância, o cavaleiro mandou convidá-lo para beber consigo.

Urraca aceitou e veio bamboleando o peito muito largo pelo meio da tasca. O cavaleiro de Escalona não gostou de Urraca.

Urraca também não gostou do cavaleiro, mas os dois comeram e beberam trocando amenidades, até que, de pança farta, o cavaleiro perguntou:

— Estou impressionado. Como um cavaleiro famoso em toda a Ibéria e fora dela tem um escudeiro que se deixa chamar por um nome de mulher?

Urraca respondeu:

— Muita gente estranha, mas isso decorre da minha beleza.

— Da tua falta de beleza.

— Não, as mulheres da minha cidade, especialmente minha mãe, me achavam tão belo que me chamavam de Urraca, de modo que até fui batizado assim, e assim sou conhecido por lá: Urraca, o belo.

— Não serias o bisonho?

— Não que eu saiba, mas, belo ou bisonho, não me importo.

— Quando jovem eu era muito belo.

— Mas o tempo estraga tudo, hoje estás com essa figura de espanta-pardais.

— No entanto matei um dragão. Pena que não trouxe o olho do monstro para te mostrar.

— Pensei que Vossa Senhoria tivesse matado quatro dragões. O povo de Castro exagera.

— Não, não exagera. Matei quatro dragões, mas só arranquei os olhos de um.

— Matei um leão de duas cabeças, mas não retirei os olhos, e a cabeça era muito pesada para carregar.

— Poderias ter retirado uma pata, para servir de troféu.

— Uma pata não é um leão. Faria má figura.

— Mas não foi o único prodígio que fiz: matar dragões. Acreditas que dei fim, com a minha espada... — Sacou a espada e a beijou. — ...Temerária, a uma mesnada inteira de mouros?

E guardou a espada.

— Acredito. Eu, por meu lado, pus para correr um magote de cafres sanguinários quando estive no grande deserto.

— E como fizeste isso?

— Foi mais fácil que beber vinho... — Urraca levantou a caneca de vinho e bebeu. — ...Assim que os vi, corri e eles correram atrás de mim.

A taberna inteira, que estava atenta à conversa, riu.

Afonso Malacheverria de Burgos não se deu por achado e continuou:

— Vi muitas maravilhas por este mundo. Costumes estranhos. Sabes que há um país em que falastrões têm a língua cortada?

— Não, não sabia, mas, na minha cidade, embusteiros são obrigados a lamber o cu de todos os habitadores do lugar. Imagina se esse costume for aplicado em cidades que dizem ser muito maiores que Castro ou Escalona, ou mesmo Cacha Pregos, onde nasci. Cidades como Damasco, Alepo e Bagdá.

Houve novos risos.

— Seria impraticável.

— Concordo, haveria cus em demasia.

— Entonces, tua maior façanha foi pôr para correr os cafres do deserto?

— Não, foi foder correndo.

— Correndo?

— É, mas eu só consegui com Felipa Garceta, a mais perfeita arlota e puta de Cacha Pregos, que...

A essa altura os risos já tomavam conta da tasca e aumentavam a cada instante, quando Afonso Malacheverria de Burgos bateu na mesa com violência e perguntou:

— Estás brincando comigo? Estás a caçoar de mim? Estás a ultrajar-me? Pois sabe que um cavaleiro não se rebaixa a pelear com um escudeiro. Mas tenho aqui João Magro, que pode, sem esforço, tirar-te a vida.

João Magro, que só fazia comer desde que chegara, inteirou-se, então, do acontecido. Olhou assustado e, em meio aos risos, pôs-se de pé com um pulo, empunhou e sacou a enorme espada sarracena que trazia consigo e quedou-se em uma pose ameaçadora.

Urraca, por sua vez, disse:

— Entendeste mal. Não quis ofender-te. É que em Cacha Pregos acontecem coisas estranhas. Garanto-te e te convido a...

Ao ouvir aquilo, Afonso Malacheverria de Burgos assustou-se, quase cuspiu os olhos de tamanho espanto e mordeu a língua, de tanta raiva. Por isso, falou como um bleso:

— A quê? A quê? A quê? A foder correndo?

Risos abafados e outros descontrolados partiam de todos os lugares.

— Não, a visitar a cova do dragão que está para nascer aqui em Castro. Posso falar ao cavaleiro que sirvo. Tenho certeza de que ele não só permitirá como lucrará muito com tua experiência de matador inveterado de monstros.

Urraca permanecia sentado, assim como o cavaleiro, que se ergueu, olhou-o nos olhos com má catadura, sorriu e disse:

— É o que eu mais desejo.

— Entonces, vamos beber a isso.

E beberam.

XXXV

Tello Menéndez se preparava para, outra vez, pedir ao escudeiro que intercedesse junto ao homem que mataria o dragão para que lhe fosse permitido falar com a viúva, quando Ignácio Barbão veio conduzi-lo ao castelo do Bulhofre, a mando do cavaleiro.

Tello sorriu e o acompanhou de bom grado.

Introduzido na sala dos suplícios, ou seja, em um imenso salão no meio do qual o cavaleiro fazia o seu trabalho, logo percebeu que não havia lugar onde se sentar. O cavaleiro, por seu turno, estava muito bem acomodado e foi logo dizendo:

— O senhor é cavaleiro?

— Sou bailio e litrato.

— Tu foste visto vestido de cavaleiro pelas madrugadas de Castro. Por tua causa, por tua felonia, uma mulher é hoje infamada em toda cidade e mulher de teu amigo mais chegado. No entanto, Urraca me falou de ti como homem de bem...

Fez uma pausa olhando o homem à sua frente e prosseguiu:

— ... porém, os cadeixos, para quem sabe ler nas entrelinhas, me dizem outra coisa.

— Sou um bom homem.

— És louco?

— A sanidade é uma convenção, mas não me julgo louco.

— E o que estavas fazendo vestido como um cavaleiro pelas madrugadas de Castro? Espero uma resposta.

Tello Menéndez sorriu e decidiu confessar.

— Eu sempre amei Ximena Dorronsoro, mas, devido ao meu sangue e à minha condição, não pude desposá-la. Meu amigo Sancho a desposou e morreu. Eu continuei a visitá-la, mas sempre em companhia de uma mulher, para não infamá-la e também porque de outro modo ela não me receberia. Ela gostava de conversar comigo, percebi que nasceu uma afeição da parte dela por mim... Namorávamos com a voz, apenas com a voz, e por isso fui motivo de chacota, de *bromas* pesadas. Sei o que diziam de mim, mas... mas, quando os sinais que anunciavam que o mal tomaria conta de Castro — a começar pela caijeira que durou seis dias —, muita gente enlouqueceu e começou a ver coisas; percebi que ela se tornou mais amorável e principiei a visitá-la, uma ou outra vez, desacompanhado das minhas irmãs, pois a cidade andava, como ainda anda, enlouquecida. Cuidei que não prestariam atenção.

"Um dia a visitei com uma brafonaria do tipo que Sancho usava. Ela me fez um carinho e eu comecei a me vestir como ele, como um cavaleiro que sai para o combate. Cada dia uma nova peça."

O cavaleiro o interrompeu, descontrolado pelo riso.

Riu tanto que mostrou o dente do siso.

Tello Menéndez permanecia sereno. Por fim, o cavaleiro disse:

— Tu não és um louco? Achaste que visitá-la usando as peças de uma armadura não chamaria atenção?

— Eu. Eu pouco me importava com quem via ou deixava de ver, mas a gente da cidade inteira estava com medo e permanecia em casa ou nas tascas até o dia clarear. Havia uma possibilidade de ninguém ver.

— Tu não constrangeste ninguém a não ver?

— Não sou santo.

— Continua.

— Uma noite juntei todas as peças e, movido pela inconsequência e por meus desejos, fui visitá-la. Sabia da rotina da casa... Entrei no quarto dela.

— Sem ser visto?

— Algumas mulheres, mesmo velhas, desculpam tudo a um homem apaixonado. Entrei no quarto dela e ela febril, realmente estava com febre, me confundiu com o marido e eu a amei como devia. Saí ao romper da alva. Escrevi um poema...

— E depois?

— Ela não mais me recebeu. Quer dizer, deixava que eu a visse, mas não conversava comigo como antes.

— E nunca falou da visita noturna?

— Não, mas estava com febre aquela noite.

— Talvez fosse o desejo.

— Talvez. Eu não a sabia grávida, até que ela foi ouvida pelo conselho e seguiu para o castelo do Bulhofre. Eu não sou o diabo. Ela não é mãe do beliz.

— O diabo podia estar no teu corpo. Traíste o teu melhor amigo.

— Não traí ninguém e não me arrependo. Justifiquei minha vida.

— Faria o mesmo que tu. Não creio que o beliz seja fruto do amor... Tua história me deixou sentimental, logo eu, um rude cavaleiro desonrado que só fodeu putas.

— Posso vê-la?

— Não pode. Mas fica sossegado: se eu matar o dragão, terás uma grande possibilidade de ser menos infeliz.

— Quem se fia em sapatos de defuntos morre descalço, e eu não acredito em dragões.

O cavaleiro riu e respondeu:

— Isso dito por ti é piada pronta. Mas, e no mal, acreditas?

— O mal é evidente.

— Entonces, vai beber com Urraca. Ajuda-o se ele precisar de ti e não me aborreças que preciso matar um dragão.

XXXVI

Urraca, obediente ao cavaleiro, estava no castelo do Bulhofre, onde almoçava com ele e o informava do que, à vista de todos, se passava em Castro.

Avisou sobre o pedido do extravagante cavaleiro Afonso Malacheverria de Burgos.

Jimeno pensou um pouco e respondeu que iria recebê-lo para saber que animal era ele. Mandaria chamá-lo.

Urraca informou-o também do que intentara fazer com o auxílio da *moqqadema* e, ainda, que a coscuvilheira conseguira, finalmente, falar aos meninos, sobretudo àqueles das relações da filha do moleiro.

O cavaleiro, por sua vez, relatou, mas pediu discrição, as confidências de Tello Menéndez, de modo que Urraca comentou:

— Entonces, tudo vai bem.

— Bem demais. É certo que venho usando a lógica dos corruptos para descobrir as mesquinharias de Castro, mas não há outro jeito.

— E são muitas?

— Sim, porém percebo que boa parte da máquina do mundo é acionada pelo baixo ventre de homens e mulheres. Penso que há muito a se reformar nos costumes.

— O quê, por exemplo?

— Se eu fosse realmente rei de Castro, estabeleceria que assim que as moças tingissem a roupa de encarnado e os meninos melassem as bragas de amarelo poderiam foder com quem quisessem; desde que houvesse concordância da outra parte.

— Aí seria o fim do mundo.

— Por quê?

— Porque todo mundo só ia fazer uma coisa: foder.

— Creio que não. O homem complica tudo. Mas hoje é pior, são consumições, invejas, intrigas, dores, assassinatos, mortes até. Tudo tão somente porque os costumes impedem o livre foder.

Urraca riu e disse:

— Vejo que não perdeste o costume de blasfemar.

— Não é blasfêmia, é filosofia.

— Fazer do mundo uma casa de putaria me parece blasfêmia. Qualquer um que te escutar falando assim terá certeza de que foste calçado e vestido no inferno.

— Em um mundo assim, não haveria putas.

— Putas existirão enquanto durar o mundo. É algo certo. E filhos da puta, entonces, mesmo sem putas, não terão fim.

Desta vez, o cavaleiro abriu um sorriso e quase concordou.

— Talvez seja assim mesmo.

— Eu me pergunto: por que há mais filhos da puta do que putas? É um mistério.

— Insondável — falou o cavaleiro. Então, sorriu e continuou a conversa, mudando de assunto: — Urraca, ainda não foste comer uma cabidela na tasca de Pascácio Ibarra?

— Deveria?

— Sim. Conta a ele uma história assombrosa, dessas que aconteceram em Cacha Pregos, e peça que te conte algo semelhante ocorrido em Castro, em qualquer época.

— Para quê?

— Para irritar Ignácio Barbão.

XXXVII

Por três vezes, a *moqqadema* de Castro, decentemente vestida, circulou pelas nemorosas terras de Dom Benigno

Otero Cepeda e voltou sem susto para a cidade, acompanhada muito de longe por Urraca e os Cunhões, aborrecidos e enfastiados. Porém, quando a bela mocetona borboleteou pela quarta vez por aquelas abençoadas terras se viu cercada por oito rapazes. O mais velho, quase homem. O mais novo, quase menino.

Um rapaz daqueles, sozinho, não faria nada a não ser olhar a mulher, mas oito eram capazes de tudo. Afinal de contas, o Divino Mestre avisou que um dos nomes do diabo é Legião.

Sendo assim, começaram a persegui-la como um cão persegue uma cadela, sem dizer palavra. Depois, tentaram chamar a atenção da mulher de todos os modos possíveis. Como ela se mantivesse monossilábica e discreta, começaram a chamá-la de gravisca e logo de puta.

O mais atrevido a puxou pelo cabelo e a derrubou no chão na primeira clareira pela qual a infeliz passou. Nafisa começou a gritar e os gritos da mulher indefesa causaram intumescência nos rapazes que pareciam já velhacos e malmaícos em malinações daquele gênero.

Amarraram-na e, rindo, iam começar a fazer o que não deviam quando um deles, Alifonso, tentou impedir e foi surrado.

E foi justo quando sete surravam um que Urraca e os Cunhões deram-se a conhecer.

Os rapazes não estavam armados, mas o escudeiro não teve pejo de espancá-los com a espada.

É óbvio que libertaram a *moqqadema* e seguiram todos para a cidade. Nafisa, calada e enfurecida. Os rapazes, quietos e apavorados.

Quanto aos três filhos de Eva restantes, não resistiram à tentação de assustar os três valentes de tão pouco tempo atrás.

— O que vamos fazer com eles, Urraca?
— Creio que levá-los ao dragão. O monstro precisa comer.
— Ouvi dizer que gosta dos mais perversos.
— Gosta muito. O cavaleiro me disse que brinca com a comida como um gato entediado faz com um ratinho.
— É pena, são tão novos.

Porém, a maneira como a *moqqadema* olhava os rapazes faria qualquer um preferir o dragão.

Eles, no entanto, olhavam para baixo e sentiam um imenso frio na espinha.

Ao chegar à cidade, Urraca tomou a si Alifonso e disse:
— Vens comigo. Vamos ao castelo.
— Mas eu não quis ofendê-la. Não quis.
— Eu sei, por isso te levarei até o cavaleiro.
— Abrenúncio. Não fiz nada. Não entendo.
— Não procura entender.
— Só apanhei desses malvados. Não sei o que pensar.
— Não pensa. De tanto pensar, morreu um burro.

Virou-se para os Cunhões e para a *moqqadema* e disse:
— Fazei com eles o que quiseres, mas só morrerão se assim desejar o cavaleiro.

Os rapazes se alegraram até que Nafisa falou:
— Vamos levá-los até as terras de Xurxo Porqueiro.

Xurxo fora cabaneiro do pai de Dom Benigno Otero Cepeda, que o expulsou das terras porque, ao receber o foro anual, ou seja, uma galinha, dez ovos e um alqueire de trigo, teimou que um dos ovos estava goro, por isso o despediu de seus chãos, dizendo que ele não servia nem mesmo para cuidar dos cerdos.

Xurxo, que apesar dos muitos filhos, era ainda bem jovem, foi se oferecer ao outro potentado, o pai de Dom Rosalvo Gonzáles Lopo, para cuidar dos porcos. E cuidou tão bem dos animais, tão odiados por judeus e mouros, que o fidalgo lhe concedeu uns tratos de terra longe dos outros cabaneiros para que aumentasse a criação. Como a terra era pouca, Xurxo resolveu criar os bichos confinados e alimentá-los não com bolotas, mas com qualquer coisa. Desse modo os porcos de Xurxo não serviam para presunto, mas para alimentar os pobres e os bêbados de Castro, pois dos bichos ele aproveitava a banha, as tripas e o sangue para fazer os chouriços e a carne. Assim, cresceu e, na medida do possível, enriqueu a temível família dos porqueiros.

Nafisa não acompanhou os sete rapazes até as terras que todos conheciam antes de chegar, devido ao fedor, mas os Cunhões adivinharam o que fazer e entregaram os moços aos cuidados do homem terrível, que, avisado pelos filhos, foi se encontrar com os visitantes em frente aos chiqueiros, para que não demorassem.

E lá ouviu:

— Eles devem ser empregados em alguma obra útil para aprenderem a respeitar as mulheres não caridosas.

Xurxo se alegrou para depois se preocupar.

— Mas são homens de Dom Otero. Ele por certo não gostará do que eu penso fazer.

— São ordens do cavaleiro.

— Posso fazer o que quiser?

— Não podes matá-los.

— E seria prudente não aleijá-los.

Os rapazes se entreolharam, satisfeitos.

— Mas se for o jeito... um aleijo pequeno...

— Ficarão uma semana contigo, mas tens que nos dizer o que farás dos valentes.

Eu poderia dizer que Xurxo cofiou os bigodes, mas a verdade é que ele, cercado pelos filhos, coçou a bunda, peidou alto e começou a rir. Os filhos o acompanharam e parecia que falavam entre si por meio de uma língua própria de grunhidos, arrufos e peidos, até que finalmente o porqueiro disse:

— Em Castro sempre me acusaram de ser mais sujo que os meus porcos. Eu e minha gente.

— Uma injustiça — disse o Cunhão de cima.

— Sem dúvida, uma injustiça — anuiu o Cunhão de baixo.

— Portanto, esses rapazes fortes vão limpar o chiqueiro. Deixá-lo limpo como me disseram que é a xarifa da bruxa que andou nua por Castro.

Os Cunhões olharam os caçurros de maus bofes refocilando em meio à buseira de muitos anos e disseram:

— É castigo adequado.

E para os rapazes:

— Moços e meninos, quisestes foder a *moqqadema*.

— Por conta de uma foda, se foderam.

— Vão feder até a quarta geração.

— Vão feder até a volta de Cristo.

— E mulher nenhuma os tomará por marido.

— E jamais terão prazer em comer carne de porco.

— Chouriço.

— Cabidela.

E assim gracejando foram se afastando já nauseados com o odor fétido que se desprendia de tudo.

Mas Xurxo, que era homem, ao mesmo tempo labrusco e perverso, fez ainda outro gracejo: levou os sete para ver alguns dos seus rapazes capando um porco e disse:

— Só digo uma vez. Se tentardes fugir, ou se não fizerdes o trabalho, vou fazer o mesmo com vossas... porcarias, e com o que cortar alimentarei os porcos.

Nesse instante, os rapazes sentiram tanto medo que o de maior caralho não faria mal a uma franga.

A *moqqadema* ficaria, como ficou, satisfeita.

XXXVIII

Urraca levou o jovem Alifonso à sala dos suplícios, deixou-o diante do cavaleiro e retirou-se.

O rapaz, que não era belo e era algo enfermiço no rosto e nos modos, apesar de forte como quase todo camponês dos arredores de Castro, estremeceu.

O cavaleiro levantou-se e falou olhando nos olhos do mancebo:

— Por que não violaste a *moqqadema*?
— Porque não é certo.
— És panasca?
— Não, não sou.
— Não entendo.

O cavaleiro virou-se de costas, abaixou a cabeça, pôs a mão na cintura e, de supetão, voltou a ficar de frente para o rapaz enquanto esbravejava:

— Entonces, por que violaste Gasparina, filha do teu senhor?

Alifonso arregalou os olhos, abriu a boca e deu vazão ao que conservava nas tripas.

Porém, o cavaleiro preservou a expressão iracunda, o que levou o rapaz a dizer:

— Eu não a violei. Fui obrigado a fodê-la.
— Por quem?
— Por Gasparina.

O cavaleiro se aproximou dele e perguntou:

— Queres me convencer de que a moça mais bela de Castro, filha do teu senhor, que é um homem terrível, te obrigou a fodê-la? É isso mesmo que estás a dizer?

— É isso, ela me obrigou.
— Como?

— Ela me disse que se eu não fizesse o que ela mandava diria ao pai que eu havia tentado abusar dela.
— Tu não querias?
— Não, eu recusei.
— És panasca?
— Não sou.
— Entonces?
— Entonces, sou um pouco medoroso.

O cavaleiro não se conteve e riu. Quando finalmente conseguiu se controlar, falou:
— E não tiveste medo do pai dela?
— Tive medo do pai dela também. Mas ali tive mais medo dela.
— Entonces, não foi agradável?
— Ah, isso foi. Mais para mim do que para ela. Sou um pouco desajeitado.
— Contaste a alguém?
— A ninguém.
— Estás enamorado dela?
— Não.
— Ela está enamorada de ti?
— Não.
— Entonces, por que ela te escolheu?
— Não sei.
— Sabe.
— Sou medoroso.
— E estúpido.
— Só medoroso.
— E não tiveste medo do pai dela descobrir?
— Tive medo, mas...
— Mas...

— Pensei que morreria se a fodesse e se não a fodesse também.
— Entonces, foi melhor foder?
— Foi, mas isso só descobri depois.
— Por tua própria inteligência?
— Sim.
— Por que ela te escolheu?
— Não sei.
— Queres conhecer o dragão antes que eu o mate?
— Não.
— Por que foi?
— Dizem que o pai dela a ama e que está cada vez mais enlouquecido, que ia desposá-la.
— Desposá-la?
— É, mas não ia chamar o padre, ia prendê-la na torre.
— E como sabes disso?
— Foi o que disseram quando ele mandou restaurar a torre.
— Quem disse?
— É daquelas coisas que todo mundo fica sabendo, mas ninguém sabe quem contou.
— E por que ela não fugiu?
— Porque não achou meio.
O rapaz respondeu com tamanha simplicidade à pergunta que o cavaleiro quedou-se longo tempo em silêncio para só então respostar:
— Alifonso, mandar-te-ei prender.
— Mas eu não fiz nada.
— Talvez eu tenha que divulgar tua história.
— Se Dom Otero souber, me mata.
— Por isso ficarás preso.
— Mas eu não fiz nada.

— É para que não morras que mando te prender, estúpido.

E mandou que os de língua cortada o conduzissem às masmorras do castelo, porém advertiu que ele deveria ser bem tratado.

XXXIX

Dom Benigno Otero Cepeda pediu, como se ordenasse, para falar com o cavaleiro.

O cavaleiro o fez esperar por três horas e, quando anoiteceu, mandou conduzi-lo à sala dos suplícios.

Ao perceber que não havia ali onde se sentar, antes de qualquer coisa, falou:

— Não sou nenhum cabaneiro para permanecer em pé.

— Melhor ficar em pé que de joelhos.

— Como?

— És surdo?

Dom Otero resolveu não ouvir e mudou de tom:

— Soube que alguns cabaneiros meus foram aprisionados e estão sendo molestados por um desafeto da minha família, que vive albergado nas terras de Dom Rosalvo Gonzáles Lopo, é verdade?

— É verdade e vão continuar lá por uma semana. São criminosos.

— O que fizeram?

— Tentaram violentar a *moqqadema*. O que se deve fazer com quem tenta violentar uma donzela?

— Eu os exemplaria.

— O que se deve fazer com um homem que tenta violentar a própria filha?

— Tal homem deve ser morto.

— Entonces, devo matar-te?

Dom Otero não titubeou um segundo. Não franziu a testa nem mudou o registro da própria voz, acostumado a mandar e a ser obedecido.

— Estás insinuando que eu violentei minha própria filha?

— Na realidade, não. Mas é estranho que moça tão bela não tenha casado.

— Exijo uma retratação. Não permito...

— O suposto violador da sua filha disse-me que foi obrigado a...

Pela primeira vez exasperado, Dom Otero elevou a voz:

— Falo com um louco? Haviam-me contado das tuas atitudes despropositadas, mas eu te defendi. Não o farei mais.

— O suposto sanguimisto disse-me que tu preparavas a torre para tê-la como mulher. Mas, ao contrário do pai, ela é decente e deixou-se possuir para se livrar do pecado maior e do inferno.

— Eu não sou decente? Estás dizendo que Dom Benigno Otero Cepeda não é decente?

— Percebo que és surdo ou tens parco entendimento das cousas.

— Vou matar-te.

— Não vais. Mesmo porque é fácil provar teus maus intentos, basta interrogar tua filha. Tenho meios de fazer com que ela conte tudo ao conselho.

— Ela foi violada por um homem negro.

— Não nascerá um negro. Ela não é mãe do beliz, tu sabes.

— Entonces, por que achas que eu a entreguei ao conselho?

— Para ter uma justificativa para aprisioná-la e se servir dela. Tu não foste o primeiro, mas querias ser o último.

Dom Otero lançou-se em direção ao cavaleiro com um punhal, uma vez que a espada ficara fora da sala dos suplícios.

Mas, antes que chegasse remotamente perto de Jimeno, os de língua cortada o desarmaram.

— Deixai-o solto — disse o cavaleiro, que se aproximou e bateu de mão aberta no rosto do fidalgo, que foi ao chão.

— Levanta-te.

Ele se levantou, e o cavaleiro o espancou pela segunda vez.

Em seguida, voltou a se sentar na estadela e disse:

— Levanta-te.

Foi obedecido.

Entonces, fitando com calma os olhos cinzentos de Dom Otero, falou:

— Não sei de que maneira tu ias procurar convencer-me de que ela não era mãe do beliz. Imagino que tivesses mais de uma ideia ou, talvez, fosse mais simples, bastaria fazer de mim comida de dragão e, quando nascesse o menino, poderias levar a desonrada para viver prisioneira na torre. Eu poderia matar-te.

— Mas não vai.

— Não. Mas saiba que a mãe do beliz é a louca e eu vou deixar Castro com ela para cuidar do menino. Compreendeste ou eu preciso dar a lume teu tardo entendimento?

— Sempre tive opinião de que ela era a louca.

— Talvez, quando for embora, leve Gasparina comigo. Se tu conseguires me encontrar fora dos muros da cidade, poderás vingar minha bofetada.

— Tu pareces ser um homem inteligente. Não a levarás de Castro.

— Talvez eu seja louco.

— Não creio.

Em seguida o cavaleiro fez um gesto de desprezo, e os de língua cortada levaram Dom Otero para fora da sala.

XL

Urraca foi caçar nos arredores de Castro, porém, daquela vez, não teve sorte. Caçou em companhia dos Cunhões e de Ignácio Barbão e, seguindo as recomendações do cavaleiro, não voltou para a cidade. Encaminhou-se até a tasca de Pascácio Ibarra, que é também hospedaria, e foi se exercitar na arte de fazer falar um pensoso. Contudo, também não foi bem-sucedido.

Dormiu por lá mesmo, pela manhã fez o desjejum e, de pança farta, contava a história do homem que foi aprisionado pelos mouros e, em um momento de desespero, prometeu ao Divino Mestre que se acaso conseguisse escapar voltaria a Cacha Pregos e casaria com a primeira puta que encontrasse.

Estava nesse ponto da história quando uns meninos vieram avisar que a árvore dos enforcados dera fruto, mas estavam em desacordo sobre a identidade do suicidário.

No entanto, como para um deles o enforcado era Juan Cacabelos, mestre maior das mesterias de Castro, Ignácio Barbão tomou um susto e quase todos os que ouviram a notícia se deslocaram até a árvore, o que significava, pelo caminho mais curto, andar dois quartos de hora.

A árvore dos enforcados ficava muito próxima de um abismo, no qual eram jogados, sem muita demora, os corpos dos desgraçados, pois nada assusta mais que o corpo de um homem balançando, o pescoço torcido, a língua roxa e para fora.

Todos os que chegavam se benziam, cada um a seu modo, porque a morte irmana os filhos de Eva, até que Urraca se cansou de ouvir que aquele era um homem tão bom e expressões equivalentes, pois a morte edulcora os juízos, e buscou os Cunhões para partir. Só então eles se deram conta de que Ignácio Barbão havia sumido.

Por esse motivo, o escudeiro resolveu voltar à tasca para falar com Pascácio, que conhecia o morto.

O primeiro pedido do pateiro, ao se tornar conhecedor de tudo, foi que cortassem a corda, uma vez que ao amigo não se daria enterro em lugar santo, mas Urraca se recusou, pois isso era atribuição do cavaleiro. Em seguida, perguntou quem era o defunto.

Pascácio Ibarra disse que era o homem mais inteligente de Castro, mestre dos mestres, conhecedor de muitas artes mecânicas, entre elas a metalaria, a vestiaria, a coquinaria, a arquitetura, a medicina, a mercatura e, dizem, a alquimia, e deve ser verdade, pois mercadejava com elixires, unguentos e perfumes.

— Era um homem bom, e não digo isso porque quase todos os mortos são bons, mas porque não fazia mal a ninguém; era apaixonado pelo conhecimento. Parecia um menino, perguntava por tudo, queria saber como os pássaros voavam, por que os peixes não se afogavam, por que as mulheres sangravam pelo baixo ventre e outras coisas assim.

"Interessava-se ainda por astronomia. Sabia contar, ler, escrever e falar muitas línguas, línguas de verdade, e não nosso rimance: latim, árabe, grego.

"Grego eu nunca o ouvi falar, mas mantinha contato com sábios cristãos, mouros e judeus. Ele mesmo não seguia nenhuma das três leis, mas batizou os dois filhos, que hoje mercadejam fora de Castro.

"A mulher morreu e, desde então, ele não tomou mais ninguém por esposa, embora procurasse, de vez em quando, uma puta para descarregar os colhões e tivesse se aproximado da *moqqadema*. Creio que menos pelos belos olhos da moça do que para aprender o que ela sabia, o que a velha Damiana tinha ensinado. As meizinhas, os encantos. Era bem capaz disso."

Portanto, naquilo que o escudeiro fracassara, a morte fora exitosa, porque Pascácio Ibarra falou por mais de uma hora, como se falando pudesse trazer o amigo de volta, e Urraca ouviu atento para colher as migalhas de alguma confidência, até que conseguiu. Ficou sabendo que Juan Cacabelos só procurou ser escolhido pelas mesterias para o conselho quando soube que a "limpeza" do castelo do Bulhofre se daria no ano seguinte. Nesse período, seria facultado aos onze integrantes a entrada na construção, que, segundo voz corrente, guardaria coisas espantosas, inclusive livros dos tempos dos romanos, esqueletos de bestas e tanques onde viviam plantas e animais que não existiam na natureza.

Pascácio Ibarra disse que a perspectiva de explorar o castelo o deixou muito impaciente e que, após a limpeza, quando apareceram os primeiros sinais do beliz, ele ficou ainda mais pensoso. Passou, então, a deambular com demasiada frequência pelos arredores de Castro e a estreitar conhecimentos com gente que até então não lhe despertava maior interesse, como o alcaide e Xurxo Porqueiro, e a visitar a cova dos suicidários.

Só não chamou mais atenção porque era homem extravagante em que pouca gente reparava uma esquisitice nova, mas talvez já pensasse em se matar e, dito isso, calou-se o estalajadeiro. Urraca dirigiu-se ao castelo do Bulhofre, onde relatou tudo que vira e ouvira a Jimeno. O cavaleiro ouviu e mandou que ele voltasse no outro dia.

XLI

No dia seguinte havia mais a ser dito, embora o cavaleiro já soubesse pelas muitas bocas que informavam tudo que se passava em Castro ao homem do papelo, que passava a voz.

O mais estranho fora a discussão que opôs o alcaide, Juan Jamón Higuera, ao capitão-mor, Valentim de Xira, sobre o que fazer ao corpo de Juan Cacabelos. Os dois não chegaram a um acordo e, enquanto divergiam, um servo impaciente cortou a corda e jogou o cadáver no abismo, de modo que ambos puderam culpar o imprevidente por não terem informado ao cavaleiro das céleres exéquias de um membro do conselho.

Tudo muito estranho.

Mas, naquele dia, Jimeno tinha um trabalho para Urraca:

— Fui informado de que Dom Benigno Otero Cepeda conversou com o morto poucas horas depois que veio me dar as boas-vindas aqui no castelo.

— Saiu mais baixo do que entrou.

— Pois é, entrou de cabeça erguida e saiu de cabeça baixa; por isso, penso que talvez haja alguma relação. Talvez o morto tenha deixado por escrito o motivo de ato tão extremo ou, pelo menos, algum indício.

— Não creio.

— De qualquer modo, é preciso averiguar. Busca a *moqqadema* e os Cunhões e procura alguma coisa. Na casa, na oficina, na loja dele, no sítio em que fazia experiências e no corpo dele também. Quem sabe não o "tenham suicidado"?

Porém, antes que o cavaleiro dispensasse Urraca, a coscuvilheira entrou, mas, ao ver o escudeiro, parou e disse:

— Eu achei que pudesse entrar.

— Podes.

Ela se aproximou, sorriu e disse:

— Estou quase descobrindo o mistério. Penso até que já descobri. Não demora e te trago uma visita para que não desconfies de mim.

— Eu espero, mas te chamei aqui para outra coisa. Quem era Juan Cacabelos?

— Um homem inexplicável.

— O que não ajuda muito — observou Urraca.

— O que ele fazia de tão estranho?

— Tudo. Certa vez comprou sangue de degolação de mulheres de má vida. Era também herege, houve um tempo em que visitava sempre a cova dos suicidas. Dizem que abria cadáveres frescos para se instruir sobre sei lá o quê. Não tinha respeito por nada e, como não guardava nem a sexta, nem o sábado, nem o domingo, era herege das três leis.

— Não tinha mulheres?

— Depois que a mulher morreu, não se casou de novo. Visitava os alcouces e a *moqqadema*, que não gostava das perguntas que ele fazia.

— E amigos?

— Falava com todo mundo e mais miudamente com Tello Menéndez, Cosmo Duarte e Pascácio Ibarra. Às vezes procurava o rei dos judeus, Benjamin Ribeyro, e o rei dos mouros, Naim Bobadela. Quando queria beber, a companhia era Elesbão Saltador, que agora não faz outra coisa. Ainda bem que não negligencia os filhos, pois a boneja com quem se casou, apesar de tudo, é boa mãe.

— Urraca, procura Elesbão e leva-o contigo.

— Para quê?

— Para fazer barata do sesso — respondeu o cavaleiro, de mau humor, para escândalo da *laarifa*.

E ninguém disse mais nada, nem foi preciso dizer.

XLII

Urraca saiu do castelo do Bulhofre e foi logo cercado por Ignácio Barbão, que o inquiriu sobre o humor do cavaleiro. Respondeu que ele estava bastante aborrecido com as exéquias de Juan Cacabelos e que talvez chamasse o alcaide e o capitão-mor para uma conversa.

Dito isso, o importuno o deixou, mas o escudeiro de Afonso Malacheverria de Burgos acercou-se dele e o questionou sobre a entrevista com o cavaleiro. Urraca informou que Jimeno iria mandar chamar o matador de dragões quando soube do suicídio de Juan Cacabelos, o que o vexou muito, mas que não esquecera o pedido; iria satisfazer o desejo do homem de Escalona.

Por fim, quando conseguiu se desvencilhar do escudeiro, foi encontrar os Cunhões, e os três foram acordar Elesbão Saltador, que fedia a vinho. Finalmente, seguiram para a choupana da *moqqadema*, que não gostou da novidade, mas partiu com os homens para a loja de Juan Cacabelos, onde encontraram algumas estranhezas, mas nenhum indício de que a criatura pensava em se matar. A mesma coisa encontraram na casa dele, onde foram recebidos pela criada ainda aos prantos, pois não tinha ideia se os filhos do defunto já sabiam da notícia.

Urraca lhe assegurou que Pascácio Ibarra ou Tello Menéndez encontrariam alguma maneira de informar os herdeiros.

E foi só o que puderam fazer naquele dia.

No dia seguinte, muito cedo, partiram para a oficina, onde não encontraram coisa nenhuma de bizarro; dormiram por lá e, no terceiro dia, assim que raiou o sol, estavam na cova dos suicidas, dividindo o espaço com aves de rapina e moscas.

Coube a Urraca revirar as roupas do defunto e, em seguida, regurgitar diante de caveiras que sorriam de seus escrúpulos, enquanto esfarelavam ao sol.

De lá se dirigiram ao sítio onde Juan Cacabelos se instruía nas ciências que escandalizavam os habitadores de Castro.

A esta altura, Elesbão, inseparável de um odre de vinho, já estava tocado; portanto, ao examinar frascos que continham líquidos que pareciam elixires, xaropes, sangue, óleo e perfume, derrubou muitos deles. Os frascos se espatifaram ao cair no chão, liberando vários odores. Um deles, no entanto, de tão nauseabundo, sobressaiu e pareceu tomar conta do mundo, o que fez o bêbado, os três homens e a estriga se arrastarem para fora daquela choupana de feitiçarias.

Portanto, somente quando anoiteceu, Urraca, exausto, conseguiu informar ao cavaleiro sobre aqueles estranhos sucessos:

— A culpa foi de Elesbão, o homem está do pau pro bagaço.

— É só isso que tens a me dizer?

— Não e não.

— Entonces, deixa-te de mistérios.

— O cheiro, quer dizer, o mau cheiro que senti, eu já tinha sentido antes.

O cavaleiro sorriu com os olhos, adivinhando tudo.

— Onde? Não me digas que foi em Cacha Pregos?

— Não, foi aqui mesmo e em tua companhia.

— É o mesmo cheiro?

— O mesmo, só que desta vez eu não estava com medo. Se estivesse teria desmaiado, como da outra vez.

— Urraca, as coisas começam a fazer sentido demais.

— O que vamos fazer?

— Eu vou esperar, mas tu, acompanhado...

— Dos Cunhões.
— Irás até as terras do porqueiro.
— Pedir a ele que venha aqui.
— Não, pede que ele faça o favor de me enviar um dos filhos. O mais moço, mais magro e menos tímido, para limpar uma furna empesteada.

Urraca compreendeu tudo e temeu pela vida do menino. O cavaleiro percebeu e o acalmou.

— O menino não vai morrer. Nós, quero dizer, os de língua cortada, que resistem mais ao mau cheiro, vão introduzi-lo no buraco, amarrado por uma corda. Eu só quero que o menino desça e ilumine a furna com pedras de faísca para saber de onde vem o mau cheiro e só.

— E se vier do cu do dragão?

O cavaleiro riu e disse:

— Algo me diz que não há dragão, pelo menos não naquela cova.

— Não há só aquela?

— Não. São dezoito busparatos, alguns emparedados. Li que cada um deles é a entrada de um salão, que, por sua vez, vai até um abismo, a caverna, ao redor da qual foi erguido o castelo.

— E é na caverna que está o dragão?

— Se houver dragão.

— Compreendo. Trago o menino a que horas?

— Diz que é urgente e sossega o porqueiro, fale que vai levar o filho dele de volta ainda no mesmo dia.

— E o que o porqueiro vai ganhar?

— A boa vontade do rei de Castro.

— É suficiente.

XLIII

Não foi à toa que Juan Cacabelos tanto fez para ser eleito pelas mesterias como representante e, assim, ter acesso ao castelo do Bulhofre. Por mais que o cavaleiro estudasse os velhos livros e visitasse os cômodos da construção, parecia-lhe que tudo ali era impossível ou que o arquiteto era louco.

Para alguém que tinha amor pelo conhecimento, o castelo era uma refeição para toda a vida.

Porém, enquanto o cavaleiro devaneava, Urraca convencia Xurxo Porqueiro a "emprestar" o filho, o que conseguiu sem dificuldade. Ainda faltava muito para o meio-dia quando um rapaz muito magro, com olhos grandes de assustado, ouviu do cavaleiro que precisaria descer amarrado por uma corda através de um buraco até chegar a uma furna escura, iluminá-la com pedras de faísca, para descobrir de onde vinha o mau cheiro, e voltar.

O rapaz, muito prático, logo esqueceu os temores, alegrou-se e disse:

— Só isso?

— Só, mas o lugar é muito escuro e fede muito.

— Não tenho medo de escuro e quase não sinto cheiro de espécie alguma.

Desta vez, foi o cavaleiro que se alegrou.

Mandou alimentá-lo, embora o rapaz dissesse que não estava com fome. Enquanto esperava que ele fizesse a primeira digestão, ordenou que providenciassem novas roupas, pois imaginou que as dele ficariam imprestáveis; em seguida, certificou-se de que o cômodo em que o porqueiro se livraria do fedor estivesse preparado, com cinza e água.

Por fim, como tudo estava pronto, conduziu-o até a porta que trancava o recinto onde ficava o buraco.

Explicou o suficiente sobre os homens de língua cortada e instruiu o rapaz para que, assim que descobrisse o que procurava, puxasse a corda por três vezes seguidas, a intervalos regulares.

Depois, pediu-lhe que entrasse no recinto e aspirasse o ar do busparato. A seguir, perguntou, de uma distância prudente para as narinas, quanto tempo ele poderia aguentar.

O rapaz respondeu que o tempo que fosse suficiente para descobrir a origem do fedor, mas depois se corrigiu:

— Aguento o tempo que fico sem beber água.

O cavaleiro conjeturou que o filho do porqueiro fanfarronava, portanto decidiu que o deixaria por lá durante um quarto de hora, mas ponderou consigo mesmo e disse ao menino:

— Se não sentires incômodo, depois que descobrires o que causa o mau cheiro, procura ver o que mais há no salão. Porém, cuidado, porque me disseram que ele termina em uma caverna.

O rapaz, impaciente, aquiesceu com um grunhido e, sem medo, desceu pelo buraco.

Passou-se um quarto de hora e o cavaleiro resolveu esperar. Passaram-se dois quartos de hora e o cavaleiro deliberou que a demora não chegaria a três quartos. Quando ia dar ordem para erguê-lo, o filho do porqueiro puxou a corda.

Saiu do busparato como se tivesse saído do inferno.

O cavaleiro mandou que ele se despisse e se espojasse no monte de cinza que já estava preparado. Depois, que se lavasse. Esperaria por ele na sala dos suplícios, acompanhado por Urraca.

E assim foi feito.

Finalmente, o rapaz, que se chamava Manecho, entrou na sala dos suplícios, envolvido em uma túnica.

Os de língua cortada o acompanharam e jogaram um lenço recheado com algumas moedas aos pés do cavaleiro, que se abaixou para olhá-las. Eram dinares, dirrãs, faluzes e maravedis.

Surpreso, ele disse:

— Fala-me das moedas depois. De onde vem o mau cheiro, de algum animal morto?

— Não, senhor. Vem de uma trouxa de um pano que parece cortiça, mas não é cortiça porque é pano.

— De que tamanho?

— O maior que poderia atravessar pelo busparato. Talvez tenha ficado enganchado por algum tempo.

— E o que tinha dentro da trouxa?

— Não consegui rasgá-la. Mas havia algo como pedaços de pedra fina e pontuda.

— Vidro quebrado! — não se conteve Urraca.

— Não sei o que é vidro, mas a pedra estava quebrada. Penso que fosse como um delicado odre de pedra.

— E que vinho esse odre trazia? — perguntou o cavaleiro.

— Acho que era mais que um.

— E o que eles traziam?

— Creio que uma mistura de merda e sangue podre, que ainda fede.

— Lá é muito quente?

— É muito frio.

— Não há mais nada de interessante?

— Tudo é mais interessante do que a trouxa malcheirosa. A trouxa parece uma bexiga de porco muito grande, só que além de mijo, enchida de merda, sangue e suor. Só sei que fede...

— E o que poderia ser mais interessante que uma trouxa parecendo uma bexiga de porco a exsudar cheiro de merda podre?

— E de porco morto também... Eu achei mais interessantes as moedas que trouxe comigo e as pinturas. Não consegui ver tudo, mas as paredes estão cobertas de pinturas.

— São debuxos de demônios?

— Eu não compreendi, a não ser uma em que um cavaleiro mata um dragão.

— Um cavaleiro?

— Sim, e tinha a tua cara.

— E que cara eu tenho?

— Uma cara que dá medo, de um santo que matou alguém. Mas não tenho medo de ti.

— Não estás querendo me adular?

— O cavaleiro tinha a tua cara, sim, mas matava o dragão mostrando um espelho.

— E o que mais havia lá?

— Fui até a beira do precipício. Mas de lá não se vê quase nada. Só o vazio, pois a luz das pedras dura pouco, ilumina pouco e, depois, não acende mais.

— Não te lembras de mais nada do que estava pintado?

— No chão estão pintadas estrelas. É como se o chão fosse o céu, o que me deu mais agonia que o mau cheiro.

— Eu não figurava na pintura? — perguntou Urraca.

— Não que eu tenha visto.

— Havia mais alguma coisa de interessante? — perguntou o cavaleiro.

— Nada mais que eu tenha visto.

Depois, o rapaz pareceu hesitar. O cavaleiro o encorajou:

— O que foi?

— Tu acreditas em mim? Sei que parece mentira o que eu disse, mas é verdade.

— Acredito, sim. Esse castelo é repleto de esquisitices.

— Acredito que se eu vivesse aqui ficaria doudo.
— Não pretendo ficar aqui por muito tempo.
— Posso ir?
— Mais ou menos. — Sorriu e disse: — Muito obrigado, seu Manecho Porqueiro.
— De nada. Meu pai não vai acreditar.
— Ele não precisa acreditar. Mas agora obedece a Urraca, que vai te levar para casa amanhã pela manhã, com os Cunhões.
— Meu pai vai estranhar.
— Vou mandar avisá-lo. Agora, vai com os de língua cortada. Tuas antigas roupas estão empestadas. Eles providenciarão outras. — E falando aos de língua cortada: — Ficai com ele até Urraca ir buscá-lo.

Finalmente, quando os dois aleijados e o menino saíram, o cavaleiro falou:
— O que te parece, Urraca?
— O menino é burro e inteligente ao mesmo tempo. Não creio que alguém o tenha instruído de alguma coisa. Ninguém teria como saber que ele entraria na cova do dragão. Mas, talvez, tenha exagerado no que diz respeito ao teu rosto pintado na parede da cova.
— Talvez.
— O resto, para mim, é certo. A não ser que até as crianças estejam na trama, na teia que armaram para nós.
— Urraca, acreditas que ele já tem comércio com as cabras do pai?
— Com as cabras não sei, mas com porcas tenho certeza.
— Então, leva-o a um alcouce e providencia coisa melhor para ele. Depois, festeja-o, faz com que coma muito e o embebeda, mas não muito. Vê se ele solta alguma mentira, ou melhor, alguma verdade. Depois, cura o porre dele com couve e leva-o ao pai.

— O porqueiro não acreditará em uma palavra do filho.
— Melhor assim.
Urraca, então, deixou-o sozinho.

O cavaleiro estava feliz, até ser informado pela velha senhora que lhe preparava a comida, e era uma espécie de governanta do castelo, que Severina, a coscuvilheira, e uma menina estavam à sua espera.

Mandou que as duas entrassem e pensou consigo: "O que mais esse dia me reserva?".

XLIV

A *laarifa* estava feliz, mas se continha diante da menina, que fitava a sala imensa e o cavaleiro, assustada.

Jimeno mandou que trouxessem cadeiras para as mulheres e outra para ele mesmo.

Os três se sentaram.

Jimeno ficou diante de Margarida, que era o nome da menina, e assim o ambiente da sala dos suplícios pareceu mais adequado às confissões de uma mocinha medrosa.

Margarida era prima de Lara, a que garantia ter engravidado de um besouro.

Porém, diante do cavaleiro, a menina não falava.

Coçava-se, escondia os olhos com as mãos, abaixava a cabeça, e a coscuvilheira usava de todos os tons de voz e afagos que conhecia para fazê-la falar, mas era inútil.

Até que utilizou uma voz dura, impositiva, e disse:
— Fala, menina.

A menina abaixou a cabeça e falou de uma só vez como quem vomita:
— Eu e Larinha brincávamos de cego. É assim, a gente tirava a roupa e ficava uma ao lado da outra. Não podia olhar,

mas podia pegar em qualquer parte. A gente brincou com outras meninas, mas não com menino. Até que o primo dela chegou e ele era muito bonzinho e a gente brincou com ele também, sempre as duas. Mas uma vez ela brincou com ele sem mim e os dois gostaram tanto que abriram os olhos e começaram a se esfregar e ele entrou dentro dela e ela disse que doeu, mas foi bom. Ela só disse a mim e eu jurei que não ia contar. Dona Severina disse que tu irias descobrir de qualquer jeito, mas não iria contar. Tu não vais contar, não? Se contares, vou amanhecer pendurada na árvore dos enforcados...

— Não diz besteira, menina.

O cavaleiro perguntou:

— Onde está o menino?

— Voltou para Lugo. Ele não é daqui.

— E o besouro, como ela inventou isso de besouro?

— Ela acordou uma vez com um besouro na cama e achou que o besouro tivesse feito o mesmo que Mingos, mas dessa vez sentiu nojo. Mas besouros não entram nas mulheres...

Disse isso e começou a soluçar.

— Olha para mim.

— Olha para ele, menina.

Ela não olhou, e a *laarifa* ergueu o queixo dela com a mão, como se faz para uma criança teimosa comer.

— Não vou contar ao pai dela, mas, se tiver que contar, ele não vai machucar-te. Eu garanto... Agora enxuga o rosto e não te preocupas.

— O que vai acontecer com ela? Ela não é a mãe do beliz.

— Se depender de mim, nada. Não te preocupas com ela.

— A mãe do beliz é a freira, que diz que engravidou do Espírito Santo. É pecado maior que o de Larinha. É o que todo mundo fala.

— É isso mesmo que falam?
— É, sim — confirmou a coscuvilheira, já retirando a menina da sala dos suplícios.

XLV

Elesbão Saltador nunca gostou de Xosé Pelayo. Xosé Pelayo nunca gostou de Elesbão Saltador.

Mas ambos foram vítimas da mesma tragédia, das mesmas traças do destino. Nenhum deles podia conviver com aquelas a quem mais amavam. Elesbão com a mulher boneja com quem casou, e Xosé Pelayo com a filha, que era seu ai-jesus.

Ambas suspeitas de estarem grávidas de algum endemoninhado e ambas infamadas, razão pela qual os dois homens começaram a beber muito, a beber mais, até que acabaram por anoitecer e amanhecer na tasca da Forçureira, onde bebia a pior gente de Castro. Assim, irmanados pela desgraça, começaram conversas entremeadas de grandes silêncios, até que, uma tarde, quando se embriagavam pela segunda vez naquele dia, Elesbão contou que encontrou o cavaleiro em uma tasca em Silves, mais bêbado do que eles naquele momento.

Xosé Pelayo, movido pelo vinho e pelo desespero, sugeriu:

— Como tu o conheces, por que não vamos pedir ao cavaleiro para que nos deixe pelo menos falar com as pobrezinhas?

Elesbão achou a proposta magnífica e os dois seguiram tropeçando até o castelo do Bulhofre, aonde chegaram suados, fedidos e ainda muito bêbados. Quando era de esperar que a velha senhora não os deixasse entrar, ela foi perguntar se o cavaleiro receberia o moleiro e o jogral.

E o cavaleiro, porque também não podia sair do castelo, os deixou entrar, mas, para que não digam que fiz pouco-caso do bom senso da velha, ela avisou:

— Eles estão tocados de espírito de vinho.

Mas Jimeno fez ouvidos moucos à advertência da criada... e assim os dois foram conduzidos à sala dos suplícios e se postaram diante do cavaleiro, encostando-se um no outro para não caírem em razão da borracheira e do cansaço pela caminhada da baiuca até o castelo.

O cavaleiro não perguntou nada, até que, depois de vaguearem o olhar pela sala, "os amigos" tentaram atabalhoadamente começar a conversa com necedades como:

— Sei que bebi um pouco.

— Soube que o cavaleiro esteve em Lamego.

— Está ainda quente.

Sem combinar, os dois recomeçaram:

— A mãe do beliz é a freira.

— A mãe do beliz é a freira.

— Só os doudos duvidam.

— Só os doudos.

— O cavaleiro é doudo? O cavaleiro não é doudo.

Jimeno resolveu ajudar:

— Creio que não, mas a mãe do beliz não é a freira.

— É a freira.

— Não é a freira?

— Como não é a freira? Minha mulher que não é.

— Minha filha não é mãe de ninguém.

— Se toda boneja desse à luz um beliz, o mundo já tinha acabado.

— Minha filha. Amo a minha filha. Gostaria de vê-la.

— Quero ver a minha mulher. Um homem precisa de mulher, entendeu? Um homem inteiro. Quero vê-la.

Elesbão falou isso arrastando a língua, porém com uma empáfia ridícula.
— Quereis vê-las nesse estado?
— Em que estado?
— Fedidos e borrachos.
— Não.
— Não.
— Mas quero vê-la.
— Preciso vê-la, e a mãe do beliz é a freira.
— Uma freira grávida é um es-cân-da-lo.

E ao dizer a palavra escândalo, escandindo as sílabas, Elesbão regurgitou e quase caiu. Xosé Pelayo conseguiu segurá-lo por um instante. Depois, os dois caíram de forma cômica, mas o cavaleiro não achou graça e mudou de humor, uma vez que estava se apiedando dos amigos de circunstância e, de repente, teve um ataque de fúria e mandou encarcerá-los, ali mesmo, no castelo.

XLVI

Ao amanhecer, dois homens estavam às portas de Castro e, assim que o cavaleiro pôde recebê-los, estavam na sala dos suplícios. Eram dois mercadores do Porto, que entregaram uma carta enviada por Pedro Guterres.

O cavaleiro, embora conhecesse mais gente do que pudesse se lembrar de imediato, não se recordava de ter conhecido nenhum Pedro Guterres, de modo que fez um sinal bastante sutil, mas suficiente para deixar prevenidos os de língua cortada.

Leu a primeira parte da carta e não entendeu patavina, pois parecia uma prestação de contas. Irritou-se, porque a carta era longa, e perguntou:

— Pedro Guterres conhece mais alguém aqui em Castro?
Os dois se olharam e o mais moço respondeu:
— Pedro Guterres não creio, mas o irmão dele, Alvito Gatones, já visitou Juan Cacabelos.
— Alvito Gatones é negociante?
— É alarife.
O cavaleiro fez uma cara de enfado pouco convincente e se pôs a ler a carta por inteiro.

Ao acabar, vagou os olhos pela sala como se estivesse perdido e eufórico ao mesmo tempo. Forçou-se a agir de forma seca e polida com os mercadores, que foram convidados a se alimentarem antes de seguirem viagem para a costa e de lá até Calais.

É óbvio que não os acompanhou.

Mandou chamar Urraca e, enquanto o escudeiro não chegava, releu a carta cuidadosamente.

A carta fora remetida por Juan Cacabelos para o amigo Alvito Gatones e encaminhada por meio do irmão dele ao cavaleiro, que era o real destinatário da missiva.

Pelo que Jimeno descobriu, ambos pertenciam a uma guilda formada por homens que buscavam entender como funciona a máquina do mundo.

Na carta, Juan Cacabelos explicava as razões do ato extremo que estava decidido a cometer e que de fato cometeu poucos dias depois.

Em linguagem de impaciente, dizia que o castelo do Bulhofre era um relicário de sabedoria antiga, que ele devassou o quanto pôde, inclusive abrindo alguns busparatos para descobrir o que a construção escondia. Afirmava que, em mais de um deles, encontrou objetos e moedas de ouro, não apenas do tempo dos asturianos, dos mouros, dos visigodos, mas também dos romanos e de antes deles. Porém, não conseguiu esconder o achado, que foi descoberto por três outros membros do conselho, o juiz Zacarias Cañizal, o capitão-mor Valentim de Xira e o alcaide Juan Jamón Higuera, que resolveram furtar as peças de ouro.

Ele dizia que foi contra o furto. Não porque acreditasse no mal enterrado no castelo, pois estava convencido de que tudo não passava de mistificação, mas porque temia ser pego e nunca tivera gula por ouro.

No entanto, quando a maior parte do ouro já havia sido retirada do primeiro salão, ele pôde perceber, com mais nitidez, as pinturas que recobriam as paredes e o chão do lugar. Não gostou do que viu, pois tudo era aziago em demasia e ele não conseguiu descobrir com quais pigmentos aquilo fora pintado nem por que ainda permanecia tão colorido.

Porém, o mais assustador sobreveio quando percebeu nas paredes o retrato de uma dama muita semelhante à sua querida Gudilona, prima e mulher que fez com que renunciasse, por alguns anos, ao renitente egoísmo que o acompanhava, dileto companheiro de toda uma vida.

E a partir dessa constatação perdeu a paz, pois sonhava sempre com a mulher morta e sentia uma vontade imperiosa de olhar o rosto dela, o que provocou a desconfiança do homem do papelo, razão pela qual selou o busparato, apesar da oposição dos três ladrões. Contudo, desgraçadamente, não resistiu ao desejo de ver o rosto da mulher outra vez e voltou a abri-lo e, como um par de dias depois chegou à conclusão de que estava enlouquecendo, preparou uma armadilha para si, derramando uma grande quantidade de cadaverina pelo busparato.

Na carta, ele não explicava o que era cadaverina, mas o cavaleiro não teve dificuldade para entender.

O mau cheiro da cadaverina o impediu de voltar ao salão, mas, como ouro tem muita tara, os três ladrões o obrigaram a abrir os demais busparatos, momento em que uma inusual caijeira tomou conta de Castro por seis dias e muitas coisas estranhas começaram a acontecer. Uma delas, a que mais o assustou: um menininho que respondia em grego a tudo que lhe perguntavam.

Com quem ele aprendera grego, só convivendo com o pai alfefeiro e a mãe tripeira?

Era inexplicável.

Ele sentiu medo, pois começou a acreditar que o roubo despertara o mal, embora o tesouro permanecesse nas cercanias de Castro, porque fora transferido para uma caverna perto da furna dos enforcados, antes que fosse dividido.

Tais cuidados e cautelas por parte dos roubadores decorriam da constatação de que a cidade estava em polvorosa, razão mais que suficiente para que os ladrões matassem os jornaleiros responsáveis pelo trabalho braçal de retirar o ouro do castelo e levá-lo para a caverna. Como não puderam transferi-lo para mais longe, pois, com o advento do beliz, os caminhos passaram a ser vigiados para que — conforme o costume — ninguém deixasse a cidade, grávida do mal, antes da chegada do cavaleiro, o tesouro permanecia nos afumados da cidade.

E quem viu demais teve a mesma sorte dos jornaleiros; menos Ignácio Barbão, lugar-tenente dos roubadores, que também se quedou apaixonado pelo ouro.

O cavaleiro estava decidido a contar tudo a Urraca, mas, quando o escudeiro chegou, pensou melhor e disse-lhe apenas que procurasse um tesouro, em uma gruta perto da cova dos enforcados.

— Um tesouro? Em uma caverna perto da cova dos enforcados? Há muitas cavernas por lá.

— Em uma delas está o tesouro, basta ter sorte.
— E o que mais?
— Mais nada, porém leva a espada e cuidado com Ignácio Barbão.

Urraca viu que não iria arrancar nenhuma outra informação do cavaleiro e foi embora, mas, antes que passasse pela porta, o cavaleiro disse:

— Vai hoje mesmo. Mas antes diz ao cavaleiro do olho do dragão que eu quero vê-lo e ao escudeiro também. E, assim que voltar à cidade, vem até o castelo.

Urraca fez um gesto de consentimento e partiu um tanto quanto aborrecido.

XLVII

Quando Afonso Malacheverria de Burgos entrou, em companhia de João Magro, na sala dos suplícios, quedou-se encantado, mas, ao procurar um lugar para se sentar, não achou nenhum e sentiu-se ofendido. Algo que Jimeno prontamente remediou, fazendo que os de língua cortada trouxessem assentos para os dois convidados e para ele mesmo. Então, deixou a estadela e se aproximou dos visitantes para ouvir, atento, as histórias do matador de dragões, que, depois de muito negaceio, mandou que João Magro abrisse a escarcela e exibisse o olho do monstro.

Jimeno pegou a relíquia nas mãos e pôde olhar com cuidado, mas não conseguiu descobrir do que aquilo era feito.

Parecia, de fato, um olho embalsamado de um animal enorme, embora ele nunca tivesse tido contato com um olho embalsamado.

Jimeno também falou bastante. Falou a verdade, mas não se furtou a imiscuir um levedo de mentira ao que dizia e, por fim, pediu um conselho:

— Eu temo mais aqueles que cercam o dragão do que o próprio dragão.

— Fazes muito bem. Apenas uma vez tive mais trabalho com o dragão do que com os homens que queriam o tesouro.

— Todo dragão guarda um tesouro?

— Isso é matéria controversa, há quem diga que o dragão é como o rei Midas, pode transformar tudo em ouro. Mas há quem diga que os tesouros encontrados com o dragão são oferendas para que ele não desperte. Não se acalma um dragão com ouro, todavia é possível irritá-lo remexendo o tesouro que ele não quis.

— Penso que foi o que ocorreu em Castro.

— E já achaste o tesouro?

— É uma questão de dias ou mesmo de horas. Pretendo devolvê-lo.

— Um dragão tão antigo deve ter um tesouro imenso.

— Sim, roubaram só uma parte.

— Porém, não vai adiantar encontrá-lo ou devolvê-lo.

— Em meu lugar, o que o cavaleiro faria? Ficaria com o tesouro do monstro?

— Eu o devolveria, o que digo é que o dragão desperto não volta a dormir antes de provocar o caos.

— É preciso matá-lo?

— Ou ludibriá-lo, especialmente se ele não despertou de todo. Mas aviso que enganar um dragão é mais arriscado que tentar matá-lo. Um homem que ludibriar um dragão pode fazer qualquer coisa, mas será perseguido por ele nesta vida e em quantas vidas houver.

Depois, Afonso Malacheverria de Burgos respirou fundo e disse:

— Eu mesmo ludibriei um dragão, que o cavaleiro sabe, é uma das muitas castas de demônios do inferno, e o preço que paguei é exibir um olho de dragão e não ser acreditado por ninguém. E digo mais porque não deixo nada pela metade: João Magro, aqui presente, é o dragão que eu ludibriei e de quem retirei o olho, um desses que ele tem na cara é postiço.

O escudeiro, surpreso, mas envaidecido, puxou o olho com o dedo e entregou ao cavaleiro, que o segurou entre os dedos como se aquilo tudo fosse impossível.

— Mas parece uma uva.

E ao dizer isso o cavaleiro sentiu a boca salivar. O escudeiro se apressou em tirar o olho falso da mão de Jimeno, que disse:

— Estou deveras impressionado.

— Creio que João Magro esqueceu-se de como é ser dragão. Porém, no dia em que eu esquecer o que ele é, vai me devorar.

— É ominoso.

— E ridículo. Mas eu espero que o cavaleiro se saia melhor do que eu.

— Eu também.

— Aguardarei os acontecimentos, pois ainda pretendo escrever uma arte de como caçar dragões.

— Aguarda que os tempos estão maduros para minha desgraça ou para minha redenção.

— Aguardarei, e lembra: se precisares de um amaldiçoado, estou à disposição.

E, ao dizer isso, as visitas se retiraram, deixando o cavaleiro em dúvida se há ou não sanidade no mundo.

XLVIII

Joana do Amor Divino morreu e com ela o filho, razão pela qual ficava provado que a freira não era a mãe do beliz.

Era o que o cavaleiro pensava, mas não a população de Castro, que via o renegado com maus olhos, motivo mais que suficiente para que comentassem pelos cantos aos sussurros, e depois pelas praças aos gritos, que Jimeno Garcia de Zamora matara ele mesmo ou mandara matar a freira para escapar da responsabilidade de matar o dragão ou as belas mulheres pejadas, com quem, segundo as más-línguas, pretendia se evadir da cidade, deixando os habitadores à mercê do mal.

Porém, de tudo isso estava inocente o cavaleiro. Recebeu a notícia da morte da religiosa por Roderico Cafaro, e foi também o velho que veio alertá-lo de que a população amotinada não permitia o enterramento da freira em campo santo. Era voz corrente que Joana era a mãe do beliz e que, com a morte dela, a alma do danado teria se transmigrado para outra criança, que seria ainda mais perigosa porque se tornaria um homem de duas almas.

O homem do papelo informou ainda que o rei dos judeus, Benjamin Ribeyro, e o rei dos muçulmanos, Naim Bobadela, tentaram sem sucesso obter o consentimento do povo para enterrá-la no almocave dos arredores da cidade.

Portanto, já conhecedor de tudo, o cavaleiro disse:

— Vai até o padre e diz a ele que deve convencer o povo a enterrar a freira em campo santo. Se ele não conseguir, vou revelar a todos a maneira como a religiosa engravidou, e ele sabe muito bem que não foi do Espírito Santo.

Por fim, questionado sobre o paradeiro de Urraca, se estava caçando, o cavaleiro respondeu:

— Está caçando o tesouro que tu permitiste que deixasse este castelo.

Não precisou dizer mais nada, pois Roderico Cafaro era homem que não comia pão à toa e foi logo procurar o padre, que encontrou a caminho do cemitério e não sabia do que se passava.

Podragado, mocuarão e colérico, Macedônio Ugarte, ao chegar ao campo santo e encontrar a *laarifa* rebatendo a indignação do povo, tentou convencer a turba amotinada com bom senso e até candura; o resultado foi ser alvo de fosquinhas, provindas de dois peralvilhos, o que levou o padre se encher de ira e fazer do bordão que levava consigo objeto de castigo da patuleia e, depois a se recompor do excesso, a gritar:

— Quem de memória comprida pode ostentar vida mais limpa que Joana? Ela pecou muitas vezes contra a temperança e pelo menos uma vez contra a castidade, mas não fornicou com o demônio.

— Como sabes? Foi o padre que fornicou com ela ou ficou olhando?

— Bandalho, bandalho, quem falou? — disse o padre, com os olhos pulando das órbitas e as veias saltando da pele, para depois não dar mais acordo de si.

Momento em que Severina começou a chorar e disse:

— Vão matá-lo! Vão matar o arcediago, que só fez bem à cidade. Deixem que a enterrem. Que mal pode haver? Bofé o cavaleiro castigue vossa soberba.

E dizendo isso fez sinal aos soldados, que afastaram o povo, e aos coveiros, que começaram a cavar enquanto a má gente de Castro deixava o campo santo ainda xingando o padre, que, voltando a si, teve forças para rezar pela morta e pelo cavaleiro, que ele intuiu não sair vivo de Castro.

XLIX

A gente de Castro diz muita coisa.

A velha Agripina jura que o dragão é um caçurro enterrado que engorda com o medo e o mal que brota na cidade e, quando o porco não aguentar mais de gordura, vai levantar, a terra vai tremer e será o fim de Castro.

O bêbado Romualdo concorda em parte, pois diz que o dragão é uma porca e o fim virá quando ela parir e os filhotes desembestarem a fossar defuntos e raízes até que nada nascerá em Castro, que será um grande deserto maninho de tudo.

A marafona Florisbela disse mais de uma vez que o dragão não é um, é, isto sim, uma família de anões picudos que moram nos subterrâneos do castelo e vivem nus, mas arrastando uns chapins. Diz também que essa casta de anões padece e goza de estro e cio, portanto não tardam a deixar o castelo para foder todo buraco de gente e de bicho que encontrarem.

O jogral Petronilo, que gosta de cantar, beber, deitar e focinhar mulheres, no entanto, diz que o dragão é uma ratazana e vai dar cria de muitos ratinhos, que vão comer tudo que existir na cidade, começando pelo cu do cavaleiro.

O jubeteiro Alonso Cadaval discorda. Para ele o dragão, como dizia Josefa Cadaval, mulher sábia e avó dele, não é um bicho, é uma árvore e vai brotar diante do castelo do Bulhofre, medrar em sete dias e dar frutos tão apetitosos que não faltará Eva para provar e morrer.

Já o sobrinho do meu tio não sabe quem é ou o que é o dragão, mas confia no cavaleiro renegado e no seu escudeiro com nome de mulher.

L

Urraca não foi ao encontro do cavaleiro, mas fez um gafento da redondeza informar à *moqqadema* que havia achado a caverna com muito mais que os trinta dinheiros com que Judas traiu Jesus. Porém, avisava pelo mesmo leproso que o capitão-mor Valentim de Xira invadiu a gruta com uma mesnada de soldados dizendo-se legítimo proprietário do ouro, alegando que era botim de toda uma vida de afortunadas vitórias sobre os ricos mouros donos do deserto.

O cavaleiro, que ouviu pensativo a narrativa da jovem mulher, mandou chamar Roderico Cafaro, mas, antes de deixar a *moqqadema* ir, disse:

— Resolve o que tem de resolver, pois não demora e deixamos a cidade.

A Roderico Cafaro mandou que ordenasse a quem de direito que enviasse uma mesnada de soldados para prender Valentim de Xira.

O homem do papelo respondeu que seria difícil encontrar tal destemido e mesmo homens suficientes, pois se espalhava pela cidade uma campanha insidiosa e sorna contra ele.

O cavaleiro pensou um pouco e mandou que ele informasse a Urraca que devia prender o capitão e trazê-lo até o castelo.

Roderico Cafaro fez Urraca saber, por meio de um soldado de confiança, da deliberação do cavaleiro e, como este se encontrava diante do insubmisso Valentim de Xira, avisou-o:

— Xostra manda prender-te.

O que causou imensa hilaridade na caverna.

— Sob qual acusação?

— Roubo.

— Não te mato agora mesmo porque não devia nem dirigir-te a palavra.

— Não me matas porque não pode.

O capitão-mor fez um gesto largo mostrando o troço de homens que tinha à sua disposição enquanto o escudeiro estava acompanhado apenas dos Cunhões — que abaixaram as vistas — e, depois, fanfarronou:

— Não mancho a minha espada com sangue marrom.

— Escolhe um de seus homens, venço qualquer um. Venço até dois de uma vez.

Valentim de Xira continuou rindo, o que levou Urraca a provocar:

— Além de ladrão e roubador, és covarde?

O capitão-mor respostou:

— Estou a perder a paciência.

— Um homem que, ao ser insultado, recusa defender-se com a espada não tem honra.

— Tu não podes ofender-me; sou fidalgo e cavaleiro e não um ganha-dinheiros qualquer.

— Bem, tenho sangue vermelho, como pela boca e cago pelo cu. Não sei qual a diferença. Um homem é um homem, e um covarde é um covarde, o mais é peta.

— Manda que venha o teu cavaleiro, qualquer cavaleiro, e eu o matarei aqui mesmo.

Por meio da ordenança de Roderico Cafaro, Urraca mandou chamar a Afonso Malacheverria de Burgos, que demorou tempo demais a chegar, acompanhado por João Magro.

Mas chegou, e para dar ares de comédia ainda mais tosca à tragédia anunciada, debochou:

— Quem é o defunto?

— És tu — gritou puxando a espada o capitão-mor de Castro, que foi batido com ridícula facilidade pelo caçador de dragões e logo amarrado pelo escudeiro, para estupor e pasmo dos soldados.

Quando eles enfim pensaram em reagir, encontraram o espantalho de cimitarra em punho e se acovardaram, para grande indignação de Valentim de Xira, que foi conduzido por Urraca até o castelo do Bulhofre como o ladrão que era. Enquanto isso, a insólita dupla guardava o tesouro, que logo seria reconduzido ao lugar de onde não deveria ter saído.

LI

Os habitadores de Castro, ao verem Valentim de Xira sendo conduzido por Urraca até o castelo, odiaram o cavaleiro e se envergonharam do capitão-mor. Porém, ninguém ficou mais surpreso que o alcaide Juan Ramón Higuera, o qual foi procurar o juiz Zacarias Cañizal para deliberar o que fazer, mas este estava em avançado trabalho de pustromaria e não pôde ajudar.

O alcaide foi surpreendido uma segunda vez no mesmo dia quando Roderico Cafaro usou não o papel, mas a voz para anunciar que o cavaleiro já tinha ciência de quem era a mãe do beliz e, portanto, convocava a reunião do conselho para dali a três dias.

Porém, para grande indignação de toda a gente de Castro, apregoou que a sessão não seria pública, na Praça dos Quinze Mistérios, como lembrava a memória comum, mas no acanhado prédio dos paços do conselho e de portas fechadas, o que deu muito a falar e ainda mais a maldizer.

Quanto a Urraca, assim que o homem do papelo saiu da sala dos suplícios para anunciar a solução do mistério, foi encarregado de ordenar a recondução do tesouro e de caçar uma raposa, que deveria ser entregue à *moqqadema*.

Nafisa deveria ser instruída a soltá-la, às escondidas, dentro da cidade, três quartos de hora depois de iniciada a sessão do conselho.

Feito isso, o cavaleiro sorriu como se dissesse: *Alea jacta est*.

E recolheu-se ao quarto a fim de praticar aquilo que escondia de todos: os exercícios espirituais que aprendeu com Ahmed Ibn Qasi.

LII

No dia marcado, foram conduzidos ao paço os conselheiros que, por ordem de Xostra, estavam presos, isto é, Elesbão Saltador e Valentim de Xira, que chegaram juntos à sala de audiências, onde já se encontravam Roderico Cafaro, Juan Ramón Higuera, Dom Benigno Otero Cepeda, Dom Rosalvo Gonzáles Lopo, Macedônio Ugarte, Naim Bobadela e Benjamin Ribeyro; eram, portanto, dez, uma vez que Zacarias Cañizal no dia anterior viajara para o mesmo lugar onde se encontrava Juan Cacabelos.

E como fizera a mesma viagem a irmã Joana do Amor Divino, a um sinal de Xostra, foram conduzidas à sala seis mulheres em adiantado estava de prenhez: Lara, Gasparina, Ximena, Leonora, Ricardina e Ramona.

Iniciada a sessão, Roderico Cafaro falou em mais línguas que Santo Isidoro de Sevilha, fez mais caras e bocas do que cabras em paridura e suou abundantemente, tanto eram os rituais a respeitar. Quando, enfim, entregou a palavra a Xostra, este, com uma clareza assombrosa, pôs a nu as crueldades e as mesquinharias dos homens de Castro e a desfaçatez das mulheres presentes.

Por fim, anunciou o óbvio: Ramona, a louca, havia sido escolhida pelo demônio para mãe do beliz, porque fora impiedosamente maltratada pela gente de Castro.

E, assim, depois de dizer o esperado, Xostra sentou-se com o alívio de ter salvado o mundo.

O passo seguinte da cerimônia era a declaração de cada um dos conselheiros, sobre a fiabilidade das palavras dele, começando por Roderico Cafaro.

Todos, com apenas uma exceção, apoiaram o cavaleiro. O voto discordante foi de Valentim de Xira, que pediu a prova.

Xostra percebeu o laço que o capitão-mor armava para ele, mas não podia deixar de aceitar. Portanto, mandou que trouxessem a brasa incandescente, que segurou até que esfriasse.

Em razão da prova, não seria mais considerado um cavaleiro perfeito, mas, como passara por ela, todos tinham que obedecê-lo.

Assim, destituiu Juan Ramón Higuera de suas funções e determinou que ele, Valentim de Xira e Ignácio Barbão fossem presos até a morte ou a senilidade completa; determinou que Roderico Cafaro fosse o novo alcaide, responsabilidade que o velho recebeu com um longo suspiro; e informou que deixaria a cidade com o escudeiro, a *moqqadema*, os soldados apodados pelos Cunhões, a mãe do beliz e a filha de Dom Benigno Otero Cepeda.

Fez com que todos ali jurassem que não perseguiriam as mulheres e determinou que o novo alcaide mandasse preparar cavalos e provisões. Enquanto isso, o povo apenas murmurava e espiava o vai e volta de soldados, do castelo do Bulhofre aos paços do conselho, dos paços do conselho para o castelo do Bulhofre.

Em seguida, começou a discorrer sobre o destino e o livre-arbítrio, para anunciar que não mataria o beliz, mas que faria dele um homem de Deus, porém se falhasse seria fácil para as autoridades de Castro identificá-lo, pois ele o marcaria com um sinal indelével na mão esquerda: o debuxo de um dragão.

Os conselheiros não tinham alternativa a não ser concordar, mas Jimeno não ignorava que fora das paredes do paço seria mais difícil convencer o povo de que era mesmo Xostra, o cavaleiro imperfeito e salvador da cidade.

LIII

A audiência em que o destino do cavaleiro, do beliz e de Castro decidiu-se durou muitas horas. Começou no início da tarde, atravessou a noite e alcançou a manhã.

Prevendo a demora, a *moqqadema*, que não era *moqqadema* à toa, soltou a raposa quando o sol começava a brigar com as trevas.

O animal, assustado, saiu correndo pelo labirinto que são as ruas de Castro, com gente raivosa querendo matá-lo, pois todos sabiam que uma golpella é um animal do demônio; mas, por mais que tentassem pegá-la, ela escapava no último instante, o que fazia o caçador frustrado rogar uma praga. Até que uma mulher velha atirou uma pedra grande por uma janela alta, assim que viu pelo canto do olho a raposa apontar ainda distante. Desgraçadamente, o animal se aproximava da janela quando a pedra estava a uma braça do chão.

O resultado foi que a pedra quebrou o espinhaço da zorra, que foi se arrastando e sangrando. Até que, com o peso da pedra, a barriga rompeu e ela sentiu que derramava as próprias tripas e os filhotes que trazia consigo, além de sangue.

A raposa agonizou por mais um momento e morreu, para grande júbilo dos habitadores de Castro, que viram na morte da raposa prenhe um sinal de que o cavaleiro havia descoberto quem era a mãe do beliz, que teria o mesmo fim da golpella.

Porém, já não tinham tanta certeza quando os soldados afastaram a multidão e organizaram o cortejo em que aqueles que deixariam Castro tomaram lugar.

Parte da população celebrou, outra calou, e Jimeno Garcia de Zamora montou e cavalgou até a rua que levava às portas da cidade, sob vivas e vaias, momento em que alguém percebeu o ferimento na mão dele e gritou:

— Não é um cavaleiro perfeito! Pode estar errado!

E depois:

— Não vai sair!

Gritaram outros:

— Não vai nos enganar!

— Há logro!

Outros disseram:

— E a golpella?

— E a golpella? Foi um sinal.

O cavaleiro permanecia calado.

Alguém lembrou:

— O escudeiro caçava raposas.

E outros foram além:

— É um falso Xostra.

— Não deixará a cidade.

Logo todos pareciam armados, e as facas, espadas e cutelos luziam ao sol. Os habitadores de Castro cercaram o cortejo e começaram a dar voltas em torno dele assim que a comitiva chegou à praça diante das portas da cidade. Ao mesmo tempo cantavam, alucinados, uma canção ominosa.

Foi então que Xostra disse:

— Não devia ter-vos salvado do mal que não mais virá.

A resposta não tardou:

— Ele nos insulta.

— O estrangeiro nos insulta.

E como ninguém controla uma turba, ele ouviu o temido grito.

— Cacem as seis vacas para o fordício e o capão para a degola.

— Hasteiem a bandeira do sangue. Que comece a matança.

E logo o tempo perdeu uma de suas propriedades e ele se viu nu no meio da praça, rodeado por seis mulheres pejadas, igualmente nuas, que gritavam, com exceção da louca.

Grandes cutelos faiscavam e ele encomendava a própria alma quando as nuvens começaram a se adensar e, em pouco tempo, uma caijeira desceu sobre a cidade enquanto bulhofres cagavam na cabeça da multidão.

O sinal deixou o cavaleiro aturdido.

Porque, da mesma forma aparentemente irreal que se viu ameaçado, se viu liberto, como se tudo fosse uma trapaça do tempo. Recompôs-se e sorriu, porque sabia que, segundo a tradição, podia massacrar os habitadores de Castro até o sol dissipar a caijeira, pois o sinal fez dele, de cavaleiro imperfeito, cavaleiro mais que perfeito.

Todavia pensou que um muridino de verdade perdoa quando é capaz de punir e disse apenas:

— Abri as portas da cidade e esperai sempre pelo pior.

E foi assim que o cortejo de Xostra — ao qual se juntaram, sem ser convidados, a *laarifa*, Afonso Malacheverria de Burgos e João Magro — deixou a cidade para destino ignorado e mal sabido.

Alguns dizem que o destino era a cidade do Porto, outros afirmam que era Bruges, e ainda há quem diga que os salvados peregrinaram até Carcassonne, onde fizeram morada, mas ao certo mesmo ninguém sabe; talvez tenham morrido pelo caminho.

Ninguém sabe.

LIV

Ninguém sabe.

Minto. O velho Roderico Cafaro sabia que o cortejo sobreviveu e, a viajantes que pediam audiência e contavam a história dos dois ladrões ou a história da Árvore da Mentira, contava sobre os meninos que ficaram.

Desse modo, informou ao cavaleiro que o filho da menina morreu de mal de sete dias; que o filho da puta aprendeu a andar pouco antes de completar um ano; que o filho da viúva aprendeu a falar com dois anos; e que o filho de Elesbão Saltador, aos sete anos, conseguia capturar moscas com a própria mão.

O cavaleiro, por sua vez, mandou dizer que aos quatro anos os filhos da louca — um menino e uma menina — liam em quatro idiomas e perguntavam muito pelo pai.

POST SCRIPTUM

História dos dois ladrões

Dois ladrões foram levados diante do emir Abd ar-Rahman ibn Um'awya ibn Hisham ibn Abd al-Málik ibn Marwan, ou mais simplesmente Abderramão, para ouvir a sentença de morte.

Depois de expedida a sentença, o emir perguntou qual o último desejo de cada um dos roubadores.

O ladrão tolo pediu uma refeição simples, mas substanciosa.

O emir assentiu.

Mas, quando chegou a vez do ladrão astuto, ele disse:

— Meu castigo é justo, mas peço que não o executes agora, porque eu posso fazer teu cavalo voar.

Abdemarrão riu e perguntou:

— Caso eu concorde, quanto tempo seria necessário para que meu cavalo voasse?

— Dois anos. Não mais que dois anos. Tão somente dois anos e nem mais um dia.

O emir riu outra vez e, para surpresa dos circunstantes, aquiesceu ao pedido.

E assim os roubadores foram logo retirados da presença dele, mas antes que se separassem o ladrão tolo indagou:

— Cavalos não voam. Perdeste o juízo?

Ao que o ladrão astuto respondeu:

— É verdade, cavalos não voam, mas eu ganhei dois anos e não mais um dia de vida. Tu morres amanhã e eu tenho três chances de escapar vivo.

— Como vais escapar?

— Em dois anos, muita coisa pode acontecer: o emir pode morrer, o cavalo pode morrer ou eu posso ser o primeiro homem a fazer um cavalo voar.

História da Árvore da Mentira

A Mentira e a Verdade se encontraram uma vez e, depois de um tempo, a Mentira disse à Verdade que seria bom que plantassem uma árvore que desse fruto, e sombra quando fizesse calor.

A Verdade concordou.

Depois que a árvore foi plantada e começou a crescer, a Mentira disse que cada uma delas tomasse conta de sua parte da árvore.

A Verdade gostou da ideia.

A Mentira, dando-lhe a entender com muitas razões que a raiz é o que dá vida e mantém a árvore, e que é melhor e mais proveitosa, aconselhou a Verdade a que ficasse com as raízes, que estão debaixo da terra, e que ela ficaria com aqueles galhinhos que sairiam, apesar de ser perigoso para ela, porque podiam pisá-los os homens ou roê-los os animais, ou secá-los o grande calor e queimá-los o gelo; a raiz não corria todos esses perigos.

Quando a Verdade ouviu essas razões, como não tinha malícia, confiou na Mentira, acreditou que dizia a verdade, e pensou que a Mentira lhe aconselhava que pegasse a parte boa, e assim tomou a raiz da árvore e ficou muito contente. A Mentira alegrou-se imensamente por ter enganado sua companheira dizendo mentiras belas e enfeitadas.

A Verdade se enfiou debaixo da terra para viver onde estavam as raízes, que eram sua parte, e a Mentira ficou sobre a terra, onde vivem os homens e todas as outras coisas.

Como ela é bastante enganadora, em pouco tempo estiveram todos muito contentes com ela. Sua árvore começou a crescer e a formar grandes galhos e folhas largas que faziam generosa sombra; apareceram lindas flores de belas cores e agradável aspecto.

Depois que as pessoas viram aquela árvore tão bela, juntaram-se para ficar debaixo dela e aproveitavam sua sombra e suas flores. A maioria das pessoas permanecia lá e mesmo os que estavam longe diziam uns aos outros que, se queriam estar descansados e alegres, que ficassem à sombra da árvore da Mentira.

Quando as pessoas ficavam reunidas sob aquela árvore, como a Mentira é muito aduladora e muito sábia, dava prazer às pessoas e lhes demonstrava sua esperteza; as pessoas gostavam de aprender dela sua arte. Desse modo, atraiu a maioria das pessoas do mundo, pois mostrava a uns mentiras simples; a outros mais sutis, mentiras duplas; e a outros, muito mais sábios, mentiras triplas.

A mentira simples é quando um homem diz a outro: "Dom Fulano, farei tal coisa pelo senhor", e mente naquilo que diz. A mentira dupla é quando faz juramentos, promessas e garantias, e encomenda a outros que o façam por ele; dando essas garantias, já tem tudo pensado, e sabe como tornar tudo isso mentira e engano. Mas a mentira tripla, que é mortalmente enganosa, é a daquele que mente e engana dizendo a verdade.

Havia muita sabedoria na Mentira e a ensinava bem aos que gostavam de ficar à sombra de sua árvore, pois a Mentira os fazia conseguir a maioria das coisas que queriam; e, em pouco tempo, não havia nenhum homem que não soubesse aquela arte.

A Mentira estava muito honrada, muito apreciada e muito bem acompanhada pelas pessoas; o que menos se aproximava dela, e menos sabia de sua arte, era menos apreciado por todos, e ele mesmo se prezava menos.

Estando a Mentira tão feliz, a miserável e desprezada Verdade se escondia embaixo da terra e ninguém no mundo sabia nada dela, nem se importava em procurá-la.

Ela, vendo que não tinha restado nada para se sustentar, a não ser as raízes da árvore, que era a parte que a Mentira tinha lhe aconselhado a pegar, por falta de outro alimento, teve que roer e se alimentar das raízes da árvore.

Mesmo tendo a árvore bons galhos, largas folhas que faziam muita sombra e muitas flores de belas cores, foram cortadas todas as suas raízes, porque a Verdade teve que comê-las, por não ter outra coisa de que se alimentar.

Quando as raízes da árvore da Mentira foram cortadas, estando a Mentira na sombra de sua árvore com todas as pessoas que aprendiam sua arte, bateu um vento na árvore, que caiu sobre a Mentira e seus seguidores.

Do buraco saiu a Verdade, que, ao se mostrar, espantou a todos que seguiam a Mentira e era quase toda a gente do mundo.

NOTA DO AUTOR

Os versos que Elesbão Saltador "fez de improviso para Urraca e sua antiga paixão" foram escritos pelo trovador galego Afonso Eanes de Coton; o discurso do Bem e do Mal que o cavaleiro repete para a gente de Castro foi retirado do *Libro de los ejemplos del Conde Lucanor y de Patronio*, de Don Juan Manuel, assim como a história da Árvore da Mentira.

A cantiga de roda cantada por Larinha é, provavelmente, de origem medieval e até os anos 1980 era cantada por meninas em idade de mudar os dentes na Paraíba do Norte e arredores.

Por fim, o conto dos dois ladrões é um dos tesouros da tradição sufi e foi recontado milhares de vezes.

Esta obra foi composta em Janson Text LT Std 11 pt e
impressa em papel Pólen 80 g/m² pela gráfica Meta.